記

樗舍記

上虞管起遠氏之避地于北山也山有大樗因以樗其下而名之曰樗蓋自比焉且屬予記之時予有四方之游不果爲及歸則樗舍者已徙構城中餘十年矣而其名不易則又謂予曰曩屬子記吾樗舍不意文之久不出也何故余復之曰起遠固美才而有用者也樗固散材而無用者也以無用之散材比有用之美才余何言以記哉乃憮然曰予以吾爲有用之才則誠不知我矣獨不見夫元之季世乎朝綱解紐中原板蕩羣雄並爭以爲敵國故中外急於用才而無所擇凡其才之可以宰一邑者或守一郡才之可以守一郡

者或鎮藩維或以將帥之才而屈伏行伍或以經綸之才而汩沒簿書或位都卿相爵列王侯而非匡濟之才雖才有小大用不適宜固未爲不見用也及

皇明聿興天戈一麾四海讋慄向之所謂才者莫不低頭束手以就戮辱焉雖吾幸免豈不以其才之無用也邪天下已定

上乃更張治化深懲前代之失合羣才而聚于

京師親爲簡拔以用之有朝食虀鹽而莫調鼎鼐者矣有莫居逆旅而朝上嚴廊者矣茲非有用之才乎然左承薦擢而右賜徒流右懷章紱而左伏鈇鉞者亦云夥矣是豈

宸衷之不愛才也哉亦其才不勝任而罔焉者之故也以吾才無用而獲免又何其幸歟此吾所以甘比於樗焉夫樗無用之散材故匠石不加斤斧得以全乎其天而莊生嘗述其

言以爲求無所可用而爲余大用者也予但以是而記之何謂無言乎余又復之曰噫有是哉夫求無所可用者莊生所以忘天下也爲余大用者莊生所以自私也自私而忘天下豈聖賢之所安乎然吾知起遠讀聖賢書而志將有爲者也道出處言必稱伊呂道問學言必稱孔孟伊呂孔孟未嘗自私而忘天下也故伊尹之未見用也耕于有莘固耕者耳而能樂夫堯舜之道及既見用也則相其君而覺斯民惟呂望亦然方其未見用也釣于渭濱固漁者耳而能謹夫丹書之戒及既見用也則尊主而庇民是伊呂未嘗自私而忘天下也孔子謂如有用我吾爲東周而行夏時乘殷輅服周冕樂韶舞此欲見諸行事者未嘗自私而忘天下也孟子謂平治天下舍我其誰雖不得位然其談王道道性善論養氣所以

立言垂訓者未嘗自私而忘天下也且夫天者降聖賢以其才非但使其自足於己而已必將欲其大有爲於天下以濟乎斯人也而莊生之才既不足以濟斯人又不肯下於聖賢乃託樗焉以肆其荒唐之說欲高出於天地萬物之表其亦不知視乎聖賢也而益卑矣孔子曰歲寒然後知松栢之後凋也蓋以喻夫君子所守處亂世而後可見然非周于德者不能焉孟子曰牛山之木嘗美矣斧斤伐之以爲未嘗有材焉此豈山之性也哉蓋以喻夫人之良心乃固有耳若然則吾聞孔子嘗取松栢以喻君子之周于德者矣未聞有取於樗也吾聞孟子嘗取美木以喻人之良心者矣未聞有取於散材也今起遠亦養其良心而周于德則用世之才全於我矣又何必自比於無用之樗樗乎樗乎其莊生之徒歟起遠

有志於聖賢者也第以末之見用者無用然乃強名其舍曰樗耳夫豈其情也哉於是皤然喜曰是足以記吾樗舍矣敢不自勉遂爲書之

尊聞齋記　　劉夏

詩三百昔余攻之以遊場屋彼時尊尚時王之制日夕孜孜訓傳是故紀錄傳言者見取於有司遺傳者則見黜考官全稽是以決取舍其間雖有才優而文富學博而識高所見稍出訓傳外天下人必指目之曰是失經旨者也無專門名家大儒矣以此籠絡禁制天下高材明知之士槩不出乎彼之格律一旦試中京師列於有官君子飜然棄其舊步如脫敝屣則學賦詩爲文以藻飾厥躬後進之士尚又來扣求前日射中之術必曰余忘之久矣余忘之久矣嗚呼聖人刪詩宋

大儒先王傳詩豈謂科舉之敝其叛去至於如此之速也雖然此豈人之情也哉由學經之士拘於王者創法父師課試勤苦躊躇以親業雖嘗號讀聖人之經其實無得於心心之所樂不在是也窮經之士或者樂乎其心飫焉而忘饑樂焉而忘憂可以與之共談患難而不悔可以與之共處貧賤而不慍推與俱處終身不厭安有叛去之理哉余始至金陵郭士中爲余說楊於其家尊聞齋要余共讀詩三百余乃爲之導行前驅其法先經後傳至或執經證傳十可粗通十許篇稍稍純熟其勢洋洋焉翼翼焉如鸞鳥乘凉風如巨魚縱廣開卒也合三百篇天秩有序如親姻族姓三百人同堂共席左右列坐昭穆相從尊卑爲位血脉灌注聯絡流通天下大法天地經緯無旁蹊無多岐離車四達煌煌周道闢如也士

汴大梁[illegible]世業溪且分古[illegible]辭章已漢[illegible]通道顯名邑士
有於上宗品徐相從學四方[illegible]近取[illegible]將治德遠夫下大
即年也今三百篇大抵當辭章如有林于[illegible]二百人同堂共席
悄然諸許其詩注詩書編[illegible]如轉為[illegible]若何如[illegible]甫可直職舊
率千家讀其計於後傳主政熱記諸尊傳[illegible]可粗通千萬諦
其中義學此意其家尊閣要寒其詩三百余乃尾之
不試作與[illegible]應夫果不陳所有致未入理故余始王全陵館
而就夜飲以[illegible]謂入不平泥蠡難而不廣可以[illegible]入其廣自觀面
不學不在易內窮樂[illegible]十[illegible]者樂平其心嶺[illegible]舍而正議旌壽
動若讀請以[illegible]業猶言讀書[illegible]經其實無得[illegible]方[illegible]之
凍於正人之消[illegible]也汲由學鑑之[illegible]道於王者宣講以理業冒
大抵許[illegible]專書謹宣調料權之微其教去至亦旌其七也難

與其士大會台日今則以大承命考後又其語出學入旨語末
義曲學說書的時文以藻飾取師後進又士志又來相末詞日
格古一己試中京師列分有官吾于體時業其舊亦務有所遊
大儒之以此籠絡[illegible]劃天下高材明知文士騁不出乎彼之
世訓傳外天下人必指曰彼曰是未辟旨者也論事乎所在家
執是以次取舍其間雖有本綠者文詞學傳而獎高所以稱
訓傳是取紀錄傳言者其取於有言偏傳未見其說者官全
詩三百者余故以所以為序欲畢事向背王之旨曰矣奏哉

會聞講[illegible]　經史

不日與後游書[illegible]

舊本大且其[illegible]而故今吳大雅來喜日是有以言其處舍矣諸
有志於聖賢者可謂無以來得見[illegible]悟其全日

中曰樂哉斯言乎余曰未也良農爲土田橫縱其畝鋤治七八往返然後墳壤糜爛而植物滋生焉嗟乎讀書之道亦如此矣而况於窮經乎每夜二鼓盡余眛就睡士中挑燈吟諷尚未已士中樂矣庶幾尊其所聞矣乃語士中就書此言以記尊聞齋不亦宜乎

焦氏廬墓記

甲辰三年江西道提刑按察分司行部至進賢縣舉儒士二人焉其一人雷逸清其一人焦致中雷氏堅苦澹泊在家務耕稼焦氏教授里中有孝行歲當壬辰癸巳之時江南兵火大作焦之父母亡流離轉徙之中乃能不飲酒不食肉與人言輒流涕執親之喪三年及亂定還鄉又廬墓側三年嗚呼當此之際世道之大變何如也父子不相顧兄弟離散君臣

之義睽夫婦之道缺儒者多衣短衣帶長刀踐獵戎行一朝依附權勢假名爲公卿郎將即可以得志斬艾人如草菅區區守行義出門有誰可相告語也而焦氏獨能力行孝弟於此時邪夫孝弟也者士大夫百行之常亦無足多上人乃能爲於三綱淪没九法斁壞之際此爲難能耳人者仁也仁人之生德也孝弟生德之本根也本根植立則枝葉之條達暢茂可計日而冀矣每念彼同時之人馳騖於形勢之塗而不知返膠固於刼奪之域而不能拔此皆蹈夫死之道也夫有死之道者今而澌盡泯滅化爲泠灰微塵不復有聞于時有生之德者今皆領薦于上大夫將有人民社稷之任進爲當時聞人故余特爲雷氏作逸清堂序又爲焦氏作廬墓記者見我 國家收拾天下人材未嘗專事藝文之末而遺乎孝

弟力田之本也吾黨之士亦可以為之儆懼矣

遊山記

貝瓊

禦兒地四平無山其東北六十里有小山曰殳山山由殳道人得名殳山之東曰史山庚戌春清明陳君仲謀約予遊殳山適予被召赴京師而仲謀亦以雨止今年春三月丁酉天氣澄穆予與仲謀幸無一事撓乃相謂曰不可以不償所願促治酒肉飲食已帥陳熊陳曾兩生泊予子翺由大溪北折而東度陌越阡至殳山之趾居人四五家皆蘇樊荊扉雞犬相應彷彿桃源中而里之巨族卜民有家在山半冡後得支徑而上高下稚松萬株環合無路俛首松下傴僂行而雲氣相盪不啻魚沫波濤中山回路盡有石嶄然壁立者即殳道人尸解處其巔有小石突怒土中類蹲節者有盤互類本走長根者方飲酒大醉昏然欲睡皆踞石而坐松風謖謖吹人衣耳目為醒欲過山北陸生來青堂而生以事出其子闢之為煑茶求獻乃啜二甌以沃燥吻已而復東其塗漸夷有公主墓云宋孝宗女葬于此又行至東山則所謂史山者山視殳山稍卑上建神官祠人至而禱者前後相屬余亦倦而休焉兩山之中求其奇峰之環拱瀑布之噴薄如赤城天姥無有也然予意在於一適耳意之所適亦何異夫赤城天姥哉因觀祠旁古井井深二仞而泉瑩可鑑疑學僊者洗藥於此或云山僧鑿石以濟三伏之暍者人獲汲以飲焉山之勝殆盡於是矣日暮下山路益陗或有雞子石磊磊砢砢至不容足而山陽王氏巨竹千挺參天以非好事者不得造其所近山又有三湖青

停黛蒼與天一色錦帆往來可藍從者艤舟以待翺與二生晉登舟仲謀從余徒行歸翼曰戊戌放舟自馬橋南行六七里捨舟而塗至紫薇山之陰山赭無草木左右怪石縱橫錯布類駱馬者類虎豹蹲者類羣羊之或寢或訛者細路出石間如縈蛇蹣跚蹩而上山顛亦有神宮古祠祠之下為廣福寺寺建於唐時而飛樓湧閣高下向背皆依山勢而成寺僧逵公古道延坐半間雲所同坐者曰蘭谷曰天然惜余所知梓南山者不幸而夭爲之愴然其東偏小樓曰覽遠遂與古道登樓望海而弱水三萬里之廣宛在其下蓬萊雲氣隱隱接於欄楯也又西過裔笑巖居中闢燕坐之室納湖光延野色即所謂天開圖畫者信非夸言也時笑巖没已久弟子道印具茗飲共讀章孝標詩日卓午返酌于半間雲所醯筍而

食肉雖美不能過也與仲謀各賦詩一解兒子翺復成五言長篇以紀其事既罷下至半山有寺曰慧力蓋晉尚書張延光故第也視廣福尤極壯麗旁像尚書父子而祠之兵變之餘仆者不復支欹者不復易而陶者舍其中摶土爲瓦器然諸浮屠猶守其道不去曰於西廡小殿禮古旃檀佛梵唄之聲雜於螺磬予嘉其信之篤而持之固且歎吾儒之不能及也其東廡飯僧之堂曰勝功德海宋張郎之所書四字在焉古道導余觀壁間畫龍一驤首躍洪濤中一既升而反顧恍惚有風雨隨之鱗甲飛動乃葉茂章元統甲戌夏所作距今三十餘年矣其餘兩胡僧亦入妙品歎賞久之寺南有勝果寺者不暇遊且轉而遊東山道遇才公大用涓桑子才沈復東二生因與之俱東山與紫薇夾水對峙相去可三里許石

東二生固與之俱東山與其激水不迴其相去可三里許而
寺者不暇遊且韓而遊東山道過千谷大有湖泉千丈瀑
三十餘年矣其樵而胡僧亦入妙品蘇黃之手南有勝果
隱有風雨隨之墨中飛動乃真文章言殆甲於夏中作記今
古道尋今鶴健園書前一隸前隸兩書中一院中而文廟
也其東廡僧舍之南曰隱云隱淵中東西之所書西中在詩
齋雖於義疑乎寡其占者所廟請文國日書者隱之不文
語存肅瀟中其道不去日於四廟一殿禮古命溫傳於內文
館仕者不須史發者不復易而固其合其中傳土為而器然
浩敢於世所見廣所九淑壯麗瞻殊尚書父千而有不及其變之
吳謂之記其事所能千年千山有寺曰慧乃慧靑而書東定
食湖滸美不能遊也與中游之賦詩一篇記于鶴須成五言

印且吾欲求讀章考據諸書曰草于十後于人間靈所理否而
吾印所謂天閣圖畫者信非吾言也隋唐突厥以文蕃于道
泆於瀾陌也又西過香林叢居中興塗之室湖右延群
登隆望西而踰水三萬里之汗漢南北其下渠東瀑隱蒿
神南山者不率而夭倉一壇然其東偏小橫日賢麓
蓮公古道延坐半開寅所同半者日闖倉曰天然指今所知
寺寺於明而擬蹟於暗暗半許淅山勢而休於傳
閒如數蹟調瀛西上山頗亦有呷寺祠詞之丁嶺嶺通
本湖誌者馬寺於臨遊半寺當半之大波
星拾者而全室穿溉山之陵山藹小政所自國指寺行六者
背登舟中堂從今往行歸溪巨以
停樂吾與丈一

磴循峻余且賈勇先登古道則不及而後矣山之寺曰崇福寺寺廢亦久徒見浩刼於荒煙野草間而審食其墓碩況讀書臺錢鏐洗劍池走馬塘舉無存者惟僊人葛洪井歷歲不改其泉甚清汲者往往得丹砂或投石井中輙有聲如雷又有慈烏泉者在山之東冬夏不竭余以道迂不及觀獨至俱胝喝石凷凷深黑可坐三四人人言鷹多合抱大木三伏時如清秋凷前土皆五色兒童拾之以爲玩今大木盡伐棟宇亦撤矣下有農圃數十家屋參差鱗比叢篠灌木交蔭其旁豈亦辟世之人與回登絶頂東望岸海連山起伏者秦柱山也其北如獅子騰舞者橫山也其南東嶽行宮至是而遊者漸稀矣噫有其具而無其時不樂也有其時而無其地亦不樂也今有其具有其時又有其地此余所以遂登臨之樂也抑天也非人之所能必也不可以不記

植勤堂記

余嘗論宋三百年間有大德而享其報者晉國公王祐也符彥卿與太祖外有君臣之分在周則爲比肩同事之人而握兵居重地一旦疑其爲變命祐往察動靜之跡且欲因而翦之使小人苟利富貴必希旨附和以誣其罪惡討吾之得失哉乃以百口保之坐是失官既而其子文正公相眞宗十有八年孫懿敏公在仁宗朝復出入將相三十餘年植槐之應捷若桴鼓當是時祐非私於彥卿實所以忠於太祖者也使太祖無誅滅大臣之過而彥卿免讒搆之究此固有純臣之義矣若秦檜當國忌賢嫉功盡斥異已至殺岳飛殺趙鼎而張浚胡寅亦幾不免其陰賊慘酷何如邪廼嘆其子不足相

副當燕而罷會不反求諸已其後卒虢爵廢棄秦氏遂衰嗚呼善惡之積如此天之報施又如此可爲百世之鑑監已故君子莫不稱祜不徼近功至檜則皆怒罵欲食其肉然如祜之所存者恒寡而效檜之所爲者往往有之豈其性甘爲豺虎哉將以天之冥冥爲不足信也不智甚矣撫之金谿有王熈謙和氏以晉公爲法顏其所居之堂曰植勤虞文靖公揭文安公咸賦詠以美之復介工部主事彭德脩來謁記故特舉二者論之大抵爲善無應則輟而不進此固人之常情勤則始終無間焉以木觀之封其本而枝益蕃去其蠹而實可冀蓋有出於自然者孰與快意一時以稔其毒肉未寒而名滅哉覽者宜有所勸是爲記熈荆國文公十世孫讀書好古有長者風爲鄉里所推云

仰高樓記　朱善

洪武巳未正月善自遼東歸南昌秀士羅德厚館于書樓之上開牕而望之西山屹然于其前其卓絶若中軍大將部伍旗幟整齊嚴肅而不可犯也其靚潔若補陀觀音冠帶瓔珞尊嚴端正而不可狎也其飛動則矯然龍驤翩然鳳翥雄健俊快而不可羈也其變化則霞飛雲斂陽舒陰慘一日之間倏忽晦明而不可測也德厚曰自吾創是樓也旦而笑語焉夕而寢處焉閒居而宴息賔至而觴詠焉無往而不於斯固將托是以終吾身而奚外物之足慕哉請子命之名而遂爲之記庶將賴以不朽予曰諾吾將有以成子之志按圖誌西山之高與廬阜等而諸峯競秀環三百餘里其巖洞之幽深泉石之淸美竹箭之茂密草木之靈異琳宮梵宇之相望良

田名圃之相屬所鬻之富足以衣被城中十萬之衆其利澤之所及者遠矣抑吾因是有感焉是山之大能與廬阜同其高則斯人之居是邦者獨無與是山同其悠久者乎稽之古人忠節如梅子眞高風如徐孺子孝友如黄太史固皆足以敦薄立懦若乃燁然道德之光粹然言行之懿奮乎百世之上而百世之下靡不師法而宗仰之者其惟濂谿周子乎詩曰高山仰止景行行止高山之可仰也以喻盛德之可懷也景行之可行也以喻大道之可由也夫以是邦城池之壯麗第宅之雄偉人物之富庶挹清光而分爽氣者豈特玆樓爲勝而連山疊嶂延屬三百餘里又豈玆樓所能獨專也惟能知盛德之可懷知大道之可由則專玆山之勝者其必在斯人矣吾子其不可務乎德學曰然某雖不敏請終身服膺焉

遂名斯樓曰仰高而爲記以遺之

華蕚軒記　吳沉

浦陽鄭氏以孝義聞于天下久矣蓋自冲素處士諱綺者誓子孫以無分居至貞和先生大和已六世矣貞和而下復三世焉先生既高年碩德子孫又多材俊於是招延名師以訓導之吾友宋景濂氏實往焉景濂一日以書來致其徒淵字仲涵者之辭曰吾兄與弟皆受學於宋先生先生嘗以華蕚名吾所居之軒子其有以記之余識陋才謭向嘗獲觀義門文録見當世之名公巨卿皆有稱述沉何人而敢厠姓名於其間邪然以仲涵求之之切雖辭之而不獲也嗚呼常棣之詩周公之所作也周公聖人也聖人人倫之至也公親遭管蔡之變故其詩也其志切其情哀委曲詳盡千載之下遺音

皦然也使天下之人而無人心焉則已如人心未忘者使之謳吟於三復之頃孝弟之思當何如其興起邪善乎蘇洵氏之言曰今之相視如途人者其初兄弟也兄弟其初一人之身也五倫之中惟兄弟與父子爲天合而人生百年亦惟兄弟相與之日最久奈何世之人蔽錙銖之利害徇陰昵之偏私反視之不如他人之厚也昔先儒之訓詁此詩於常棣之托興有二說其一以爲衆華鄂鄂然俱發而光明興兄弟之衆多而和睦也其一以華鄂分喻兄弟華與鄂相覆之光明猶兄及弟相順而榮顯也二說不同而鄭氏之家則兼有其美焉又聞之仲素之四世孫龍游府君德珪與青田府君德璋兄弟也青田爲仇家中傷龍游奮身代之兩人爭欲就死事在宋史孝義傳中嗚呼此則不幸而處乎患難者也今諸

君子乃生太平無事之世家道蕃昌之時有怡怡之美而無患難之嘆何其幸歟其營是軒也蓋以爲合族之所朝於斯夕於斯講明於斯讌會於斯籩豆静嘉琴瑟和雅粲然禮文之有序藹乎恩意之交接信乎舉天下之樂不足以及此也故況以爲詩之次章昔爾之祖既允蹈之而末三章之辭今仲涵兄弟又克踐之然則茲軒之取義也將百世其傳而無慊矣鄭氏之澤其有涯乎古人稱人之善必本其父兄師友貞和之賢景濂之教於是益可見矣景濂方以能文見許於時仲涵豈不能求其師之言以爲榮而何假於余之區區者哉

京城鐘鼓樓記

王景

天子之都衆大之地故必渙鴻闕之具以昭天休俾民靡或踰於防古之明王建大中之極樓域之亢爽以棲鐘鼓挈壺氏掌之伺日晷之出內以爲晨昏節非欲侈爲壯麗大觀也不如是則天紀不脩而大音希聞于遠也

國朝混一華夏建都應天據龍阜阻大江拓城萬雉以鎮服四海

皇上維清緝熙德懋周溥以爲政令之行自京師始肇建譙樓于皇城之西地當崇岡既亢且陽凡爲楹二十又四高若千丈下爲馳道上懸巨鏞蒲牢追蠡作其鱗之而鼓音三八周列于次扶桑啓曙衆華靄動徐疾三止金奏爰作以數節之一百又八聲震天地無遠不格天闕以開地戶以闢人門以啓崦嵫景昧數亦如之于是戒百司飭羣隸令于衆曰凡興作休偃毋先時亦毋後時敢有不恭罰無赦於戲

聖皇恪脩舊章以爲民防天時正于斯人紀脩于斯

國容觀于斯建一樓而百度舉其誰敢不飭是宜表天聲于四海而垂則于億萬斯年之永也

復宗忠簡公墓田記

古之有盛德大功于世者其祀典恒與天地相終始非鬼神實司之蓋天理在人心不容泯也是以忠臣烈士英風凜凜昭灼今古非惟當時慕之而數千載之後能使人感動興發嗟乎生爲忠良死爲明神理之常也予見宋忠簡公宗澤墓在鎮江京峴山其墓田林木乾坤跳踔不遂湮沒若神人扶持之者良可敬也嗚呼胡虜入中國至靖康之慘極矣宋太祖有天下太宗眞仁繼之百五十年涵養生息措國勢如太

山盤石自神宗用王安石國脉潛耗至于徽宗以侈靡從之童貫喪師以啓戎心再犯國都徽欽蒙塵邦昌僭位天理民彝斵喪無幾惟宗澤起自義兵都總管留康王於磁州差軍衛南上書勸進高宗即位引兵趍行在帝壯之命知開封府京城留守宗澤招集義兵得百餘萬山寨効順復數十萬方尅日大舉而病不可起矣嗟夫宋之再造宗澤基之宗澤之生死係中原之存亡宗澤在則義兵至一百八十萬澤亡則義兵盡散澤在則化叛逆爲王臣澤亡則王臣變爲賊矣是澤之生死係宋之輕重其忠義貫日月心膽裂金石志吞逆虜而力不逮回鑾之疏二十四上而國賊中沮之感激而死豈其得已哉使澤不死岳飛生存金之爲金未可知也

天朝郡守劉公辰涖政之初見其墓蕪穢不治墓田爲寺僧

所侵即奮然復其故物勒石紀功凡歸田四十八畝三分二釐四毫地一十四畝二分七釐六毫草灘一十二畝五分山六十畝六分七釐二毫重命龍華寺僧守之歲奉祠祀作文序其顛末其規模措置頗詳具云邦人復建碑于寺以紀與復之由揚劉公之德且來徵文予謂非宗忠簡公之忠義不能遺丘壟于三百年之後非劉郡守之明昭前烈不能復忠簡公三百年之絶祀雖然是豈人力之可致哉天相之也夫

國家之理亂係于天而人臣之忠義懸于天劉公此舉非天而何故予假天以彰郡守之績以勸世之爲政者知所本云

還慵軒記

劉三吾

鄱梁生李宣孟昭請于予以其所名與字見質予謂宣昭義開人所通知也宣矣昭矣不知所納約焉明無所從入矣韓

昌黎名愈愈之言勝也則字退之以有兼人之能不可無謙退之志也朱文公名熹熹之言火明也則字晦翁以旣從火之明可無韜藏其明之地哉人心無不有所蔽有所通彼蔽而復語之以所敝愈不通矣必自其所不蔽推而及之心斯悟矣在易坎之六四尊酒簋貳用缶納約自牖室之暗牖爲本匪所由之明乃室之所以受明也互象坤爲闔戶坎艮爲穴穴其戶牖也九五尊位六四近之四用五之所明而以一尊之酒貳簋之食瓦缶之器自納于君納之不自戶而自牖者避其所蔽而就其所通者爲之說也如漢祖愛戚姬將易太子是其所蔽也羣臣非不爭嫡庶之義非不明如其蔽而不察何四老者上素知其賢而不能致之此其不蔽之明心也故因其所明而及其事則悟之如反手後來左師觸龍于趙太后所愛少子不令質齊亦其所蔽于私愛也觸龍知其所明在使之長久富貴一言而聽之如響教人者可不自其所明而入之哉生知所以宣昭又知所以納約自牖則學得所入而蔽有所通矣故因其見質也爲名其軒以還牖蓋欲其于宣昭之明而得所以納約自牖之地焉或曰茲義也非釋氏所謂壅還壖壁明還戶牖者乎曰彼以通塞之常言此不主塞主其通而言語若同而義實異也

宜隱軒記　方希古

洪武九年余遇鄭君好義于京師是時

天子方以災變求言天下御史用深文致無罪守相數十百人于獄議者寃之君曰此寧不足言邪即草封事詣丞相顧得召對言狀丞相問所言云何君抗色曰吾將見

上言事丞相何問焉丞相怒奏抵君罪君慷慨不少屈辯說天下事激昂奇壯聲動朝廷聞其名者皆稱君爲奇士予亦服君之才以爲且將立功名當世憂患不能沮之也後予遊學于外不與君相聞者甚久前年君歸自江淮予往訪焉視其貌加充聽其言若不忍出口語及前事則深自悔咎曰學未知道而多言此吾過也取聖賢經傳窮旦暮攻習發其理而考諸躬行粹然若循繩墨而蹈規矩非復昔日鄭君也予愈服之乃知昔之知鄭君者特其棄餘而君不予鄙也顧以所居宜隱之軒屬予記凡物有所宜者必有所短舟宜於川而不宜於陸騏驥宜於致遠而不宜於服田偏於用也神龍乘風雲吐雷電下上八極而困蟄於玄冬與蛙蠙等局於時也惟人亦然辯士宜於戰鬬之際而居平世不如庸人烏獲

任鄙宜於尚力之主而折旋尊俎之間手足無所可用拘於技也孟公綽宜於爲宰而短於治劇黃霸治郡則宜而爲相則損才各有所便也若夫爲聖賢之學者脩之於身也無不具而見之於用也無不能豈果有所宜與否哉其仕也隱之道行其隱也仕之用存不違俗以爲高不同世以求合用舍進退皆安之而不顧夫是之謂君子鄭君之學得於聖賢者美矣豈宜於隱而不良於行乎昔之見君也未越十年而君之所得過於昔之所見也多矣自茲以往使益進於道烏知無大異於今者而其宜於隱也庸知非宜於仕之端乎人之常情不能安於藜藿則不能享八珍之奉服䟽布而厭者其衣文繡也必驕未有濫於貧約而可處富貴以免禍者故有慕利祿之心者死於貧賤者也隱居自得而樂之不厭者功

名富貴之人也

石鏡精舍記

邑士童君伯禮既以禮葬其父於舍南之石鏡山與三弟謀合貲産同釜爨以食取古禮之宜於士庶人者以次行之復恐後之人未能盡知其意而守之弗變乃即石鏡之陽爲精舍聚六經羣書數百千卷俾子姪誦習其中求治心脩身之道以保其家以事其先而不怠且屬予記其說以告來者予謂童君於是乎知本矣人有五常之性天命也發爲君臣父子兄弟夫婦長幼朋友之道天倫也天倫之常天命之本孰從而明之易詩書春秋禮記聖人之經也聖人之經非聖人之私言也天之理也天不言而聖人發之則猶天之言也三代以上循天之理以治天下國家故天命立天倫正而治功

成風俗淳由周之衰不知聖人之經爲可行而各以其意之所便特之所習爲學百家衆說馳騁錯亂皆足以叛經而害理間有知經之不可廢者則又徒取其末而不求其本以爲設於人而不察其出於天人心不正天理不明而三綱九疇因以不振經之用舍其所係豈微哉齊桓公欲取魯仲孫湫曰魯猶秉周禮未可伐也則古者以治經與否觀國之興廢也周原伯魯不悦學閔子馬曰學猶植也不學將落原氏其亡乎則以學經與否觀家之存亡也經之於人其重也如此世又不之察而童君獨知其可以善身保家首以教其子姪而不敢忽非誠知所本其能然乎自斯民之生封君世家富貴盛隆者亦衆矣其意莫不欲傳於無窮而卒不能者奢泰滿盈而不能節之以禮私意蠭起而未嘗正之以義也使稍

得聖人之言而守之于以治心脩身致其道德於衆人之表優於天下可也於家乎何有童君之家雖未足與富貴盛隆者比而以禮自飭以義自正以經學望於後人其所以守之者有其具矣凡學乎斯者擴乎天命之微以盡性篤乎天倫之序以盡道明乎經之大用以誠其身以及乎人則為善學而不忝其先矣此童君之望而亦聖人之旨也苟徒取其末而遺其本誦其言而無益於身與家豈聖人作經之意哉亦豈童君之所望也哉

皇明文衡卷之三十二

記

滇南慟哭記　　王紳

先公以洪武五年正月奉使雲南招諭元梁王六月抵其境六年遇害至二十五年不肖孤紳竊祿西川覆請于蜀王殿下二十八年冬得　旨十二月朔日戒行次年二月二十三日到滇次日參見　岷府退謁藩閫文武大臣及土人士友並以情事爲告聞者閔之競爲咨訪二十五日有僰人畫工何仁可年七十餘來言親見先公於佑聖宮甚久至繪素之事亦多經指授且云初來時梁王甚加禮敬府僚大臣若司徒達里麻參政喻金閭高撫慰輩尤所尊重凡見梁王必以天命所歸人心所屬之理爲之開説退諭其臣僚尤加委曲梁之君臣亦知元社已屋皆有降意時元之孽主通逃朔漠者遣侍郎脫脫自西番來通耗索援且刼以危言必欲殺我使以固梁王意梁王不忍遽絕於我朝匿先公於民間脫脫鬭之誚曰國家顛覆而不能救反欲遠附他人邪躍馬而起梁王不得已遂出先公以見之脫脫欲加屈拜先公慷慨罵曰天訖汝元命我朝實代之汝如爝火餘燼尚欲假息以與日月爭光邪我將命遠來豈爲汝屈今惟有死而已或觧曰兩國交爭不罪來使不從則遣之彼何罪焉況王公才器天下無雙宜有以全之賊脫脫曰今日雖孔子在義不可留梁王不能救先公復顧梁王謂曰汝朝殺我大兵夕至矣亦不聽遂遇害時爲臘月二十四日未申時蓋僰人以此日爲節日故久不忘也諱日城中父老士女莫不垂淚達

理麻既陳奠祭左右具衣冠殮之以禮即日舁至地藏寺北漏澤園化之以火諱所則今之觀音寺前三市街言訖引至漏澤園擗踊設奠是夕宿地藏寺自此連日至彼展哀至二十七日紳別訪南關董金剛保以合其說盖以先公嘗主其家故也金剛保亦引至觀音寺前指以諭所號慟閭市人競來至閙中有蘇奴者前言棺木實其家所備盖其兄慶時爲元帥故達理麻一以後事委之其言遺事畧與仁可同但奴則云火化在小南門城濠邊復引至歷指其處哀未止有僧從西來自云年百歲口述遺事甚悉紳拱問化後遺殖何在僧言彼時上下惱懼誰復道及此者三人之言遺殖並同自是士民僧道多來稱述先公容貌言行嗜好製作動靜僕從皆可稽但無能知夫塋所者因姑設次爲位於地藏寺之東

夾室越明日漏四下陳設於寺門外告祭于雲南府城隍里社寺伽藍等神備述情事之由禮畢奉新製木主就觀音寺前諱所盡哀題禮畢迎回地藏寺位次賕奠行正祭禮先是布政張公紞參議范公祖嘗訪先公節行於臨安儒士賈寬寬達理麻門客也故獲侍先公最密因言曾有詩見寄可考暨紳至張公即命迎寬三月十日寬至所言與前頗同乃云化後達理麻已使瘗于地藏寺之旁後十許日寬往哭之止見平土而不結甃自國兵來陵谷變遷已不可認迄今犁鋤薦臻壟廬相望想像亦不能得其彷彿也寬又云先公前館于報國寺後因賊脱脱至遂移館于春登楊氏家平日杜門不接人事惟讀書著述有文集二大冊達理麻録本藏于家後併原藁不知何在寬年高質重所言似非虛妄者又沉

士錙有年近見宜梁民李鉉鉉自言其父起宗爲元樞密院都事好士而知書曾延先公於家甚久後事皆其經理今慕所惟鉉知之有年前任沅庠時常接見先公故聞之甚留意越半月紳至滇有年即來告且爲書招鉉十一日鉉至口述遺事亦悉又舉先公題其竹軒三絕句遂導至元兒朶東門外之百步指羣塚千百而言曰大畧記在此處而羣塚盡遭發掘無遺者紳見其年少不敢盡信又見頗能記憶亦不敢不信遂於其處仰天大慟次日於羣塚旁擇曠地仍設次爲位迎神主陳祭祭畢復奉歸寺之元次越十日奉神主而廻嗚呼哀哉紳之初志欲訪求遺殖歸瘗先壟以襄大事不幸歲久事殊以至此極雖粉身碎骨亦不足以贖其辜他日何何面目見先公於九泉　哉擗踴之餘因忍死備記于簡以誌不忘終天之恨且使後世子孫有以知其荼毒嗚呼痛哉

潞州廟學記　孔克表

惟潞州古上黨之域盤據太行抗勢高爽爲天下樞自昔號重地其俗尚樸儉其民力本喜文學州治南四里爲孔子廟左爲學元始建國州倅崔亶始經營之至元十二年乙亥知州事陳伯福繕葺而增廣之至正之季時丁用兵弗遑文敎之事廟與學俱圮不治

皇明受命萬世底寧乃且設敎條置師弟子員用脩學校之政郡邑奉宣　德意罔敢弗欽洪武七年夏五月同知潞州事張侯寔來祗謁廟下惕然曰正化之行繫學校是基而宗祀孔子者寔敎之所自出也故制下窄且多摧敗甚弗稱崇

重之意蓋丞圖之衆皆曰然第詹虞甫平公私膠轕幸少假焉既二年會歸租令下民用以裕侯詢諸判官馬侯吏目王均暨鄉之耆艾僉以爲可於是伐鉅材琢貞石裒集衆工盡撤其舊而更構之中爲殿八間象厥正配以及十哲左右廡各二十四間繪從祀羣弟子及歷代先儒于壁兩廡之端立屋六間闢中東西門而樹戟于其外門之南對峙齋宿之廬合十二間又南作高門三以應靈星廟之東別築論堂以爲講肄之地直齋翼如學徒而處楷樓屹峙書冊是庋都爲間復四十又四至于庖食之室亨飪之所敎官講師之居止前後布列靡不完固繚以周垣徑以脩術甃以瓴甋塗以堊丹侐然靚深廓然宏敞經始於四月辛丑訖功於九月丙寅落成之日侯率寮寀儒師行釋奠禮既而合宴于堂鄉老寓公

屬縣之吏逢掖之士咸大和會咄唶而相謂曰洋洋乎盛哉古者建國君民敎學爲先侯其知先務乎非有述焉將何以考引侯德而振民於道也乃相與謁辭刻諸石克表惟禮凡學春官釋奠於其先師秋冬亦如之當是時學者非其師弗學也非其學弗祭也學校既廢天下莫適所宗孔子集羣聖之大成仁義禮樂之敎垂於萬世之遠遍祀于學於禮宜矣朝廷釐定祀典凡廟食之神淫名僭號一是刋削惟孔子謚爵仍其故所以崇聖道正人心而植世教也邦之人士入學鼓篋當淬勵刮劘以克廣其德業退而家居爲良士君子焉出而世用爲名公卿大夫焉誠如是不惟無負於
國家而侯之志亦庶乎其遂矣不然羣狎朋嬉廩粟是耗懵不知明體適用之要又豈侯之所望哉侯名三同字大亨世

居阜城家于吳初舉進士擢白水縣令治最諸邑佐州再幕
其行事槩可稱述獨此關於治體尤大云

皆山軒記　　胡廣

國家建太僕寺於滁陽以總江淮羣牧之政
聖天子蒞祚尤重其事乃遴選賢能授以是職吳侯鑑以將
家子魁傑負才氣擢爲太僕寺丞治事有法率以古之君子
期待不肯爲苟且之政比年馬大蕃息公私優裕侯尤好學
於公退之暇即賦詩寫畫自娛嘗於官署之偏築室數楹爲
宴休之所引釀泉爲渠紆流于外舉目而望則豐山琅琊諸
峯環列遠近發奇吐秀隱見於煙雲杳靄間而朝暮之景變
化無窮乃取歐陽公之言名之曰皆山軒徵予言爲記滁之
山水名大著於天下後世者蓋自歐陽公始也公爲守於滁
築亭於山水之間日與滁人遊而樂之顧望清流之關思宋
太祖嘗破李景兵十五萬擒其將皇甫暉姚鳳於滁東門外
求其迹蓋百年之間故老已盡漠然徒見山高而水清而當
時得以樂其樂者伊疇之力也滁人蓋未必知之而公與之
言忠厚之至也予惟今之滁非可同於昔日我
太祖皇帝龍飛淮甸由滁陽而基　帝業呼吸雷動羣策響
應英雄蕩滅滌礫百年腥羶之風盡復衣冠禮樂之舊
神聖功德與開天闢地而同其盛豈但平一城擒一二將之
足擬哉昔者滁當干戈之際爲用武之鄉今爲邦畿千里之
地而凡得以居其間者顧瞻山川仰思
太祖開拓平治之功而當時故老　猶有存者皆能道其盛也
況草木雲霞蔚葱炫爛五色之氣凝爲龍文結爲鳳彩霓旌

況草木雲霞蒸潤浩瀾在左右人康熙鳥龍人物熙和風淳俗美

太祖開拓平治八方而富庶故老猶有存者能道其盛也

地而凡得以居其間者觀瞻山川仰思

是誠哉昔未得當于文之際諸河武之鄉今為繁千里之

神聖功德與開天闢地而同其盛豈但平一統撫一二時之

順承後雄烈深業百千隆曆之風盡復來造禮樂入書

太祖皇帝龍飛淮甸由濠陽而基　帝業平吳而定動暴樂

言也厚之至也乎推今之大非可同於昔日故

時得以樂其樂者伊歸之力也入盡未必知之而公與

求其迹蓋百年之間故老已盡漠然僅見山高而水清而

太祖嘗敗李伯昇兵十五萬擒其將呂珍于此亭在城東門外

樂等於山水之間日與游人遊而樂之顧登清流之間西未

山水名大著於天下後世者蓋自歐陽公始也公為守於滁

作亭而取歐陽公之言名之曰醉翁山亭撰千言為記際

奉璽列遠近發吉士者陽見於連雲亭西蘭之轉者之高處

寔休公之所引醸泉為湯行浴干外舉目所望則豊山琅琊諸

於公遂之勝即頃詩為高盡自淋漓於官書之人滄浪之僚雅協應

朝章之下者其絡白且十之所以比年馬大著息之公之傳於今不學

家手聖之德負大痛篇大業才不治事有清世之古人也本爭之

聖天子之德之治才其事乃達國賢能被之以及之廣以清

國家之美大隆于於滁陽以澄江淮物教之政

甘山軒記　　古廉

其行事皆可傳於世衡氏覧於滁瀘之大江

語事於家于吳考舉進士擢白水縣令治厲精務三週考

翠華儼乎在目而向之徒見山高而水清者漠乎其微矣又烏知有待於今日之盛也哉昔有覩山河而思禹蹟者禹之功盛大故人莫能忘我

太祖功德卓冠萬世天下之所仰賴而人心有所不忘矧侯居官是邦優游無事以樂乎雍熙太平之盛其所以感慕之者宜何如也乎知侯之脩其德而勤其職思以報夫

國家生育之深仁庶幾侯之心矧侯之父兄皆攀鱗附翼以取功名侯又當思振其家聲異時忠孝之名有所聞焉則是軒與滁陽山水競光華於久遠矣予竊幸與侯同其遭逢之盛是以惓惓焉爲侯道之也

遊陽山記

永樂三年秋八月

皇帝因建碑

孝陵斲石于都城東北之陽山得良材焉其長十四丈有奇闊不及長者三之一厚丈二尺色黝澤如漆無疵璺廷臣往觀之且相其制度之宜時諸臣往觀畢越九月戊午特

命翰林臣往觀於是學士解公太紳侍講金公幼孜暨廣偕往已未早朝罷由朝陽門出過十里鋪鋪外人家夾道連續而居間有市肆直抵滄波門門外隔平疇山巒聯起伏即城中所見諸山也山下烟林村落遠近映帶耕夫餉婦橫縱隴畝有刈禾乘者有登禾乘于場者有挽車以載者有汲以灌畦者有薙草萊者予三人觀其作勞徘徊久之見田塍畔繫一舟田間水與大江相通故有舟然平疇曠野見此一舟亦自奇絶水之上有古石橋頹其半石齒塞橋下人取便從下

行橋上草甚深橋西北有土溝問之滿傍人云國初取土築拒馬墻就以既墻内流水由拒馬墻折北而行至麒麟門門額前中書舍人詹孟舉所書麒麟門折東而行五六里漸多陂陀幼孜與予乘肩輿上下山岡輒相與步行以息僕夫之力觧公騎行常先一二里許不見予二人來輒下馬候又東過一長阪阪下路岐而二一依坂足少折而北一下田間以折而南予將循坂足而北田間人呼曰南行南行遂遵田畔折入小村市東山麓度㘭入谷行長稜十餘里始至陽山山下草茇數百餘間以舍趨事者樊其周圍作門二通山之上下入門百歩有井一方小石池二水甚清出門上百歩許有井一云其下舊有泉因甃之以為井井之外有深坑平山上土石塡之舉石者邪許之聲相應仰見碑石穹然城立予足

力稍疲倦心急欲觀之雖疲亦趨而登至其下三人相視驚愕不已嘆息所來嘗見謂天生此石以有所待也山高數里其體皆石其旁巉巖不便登陟從碑石之左攀躋而上一人引手一人下推又躋一級漸至山頂石如礬頭者窅窊者皺而通者高者下者險不可行作蟻緣而度漸過碑石之右稍平可行余將俯觀心棹悸目眩不能下視獨觧公登石立久之余坐息定更蹋山腹數十歩望見長江數百里隱隱而來舟帆上下如豆江北諸山滃然於煙霏霧靄間杳不能辨山近東北二峯峭拔如削即都城東門望見二峯青翠高聳者山之南有舊塚相傳曰葉丞相塋按金陵志葉祖洽墓在宣義鄉即此是也祖洽熙寧三年廷對第一官至徽猷閣直學士太中大夫政和七年終于眞州奉　勅葬此蓋葉丞相

學士大中大夫致仕王公于宣州事　詩題江盖其三相
宣義縣尉向此見其母合觀三年延請第一方至歎數聞宣
者山之南有泉水相傳其上溪相交枝會交古之前寔合處在
山在東北二峯清枝如此即群城東門望見二峯高聳
來此其上下如百江此詩山路外松蘿雨霽間香不能辨
又其余空曰宇東路上敷十步之寔見江數百里□隱而
平可行令將前觀上拘長果目望不能下頫獨舞之登石立
而過者高者下者險不可行人縣而東衛過輝石之古指
引手一人下攤又躋一級衛至山頂石以登須青宵深者竅一入
其體皆石其突露嚴下便登限從縣石之左攀躋而上
攀不已漢自所未嘗見謂大生比石以有所待也山高數里
乃新致諸心息欲替之難疲亦稍而後至其下三人相偕躋

土石植立峯石者衍許之聲植蒲苟見碑石字孫城立乎山頂
井一云其下儲有泉因鑿之以為井外有深坑平山上
下入門百步有井一方二丈也二水甚清出門上右步許有
不草英數百餘間以金鑿之青其周圍竹門二通山之上
析人小村市東上稀安敢人合行長採十餘里始至隴山山
析而南行許循坂走而北田間入乎曰南行南行遂達田畔
過一長陂陂下路坂而二一休坂足少析而北一下田間少
方辨公語行常先一三里許不見乎輙下馬倚又東
彼此初欲與乎乘石與上下山周轍相與步行以息僕夫之
頒前中書舍人會嘉寧所書與轎門行東而行五六里輙多
值馬酒既以驢騎內流水由街馬酒亦北而行至轎輯門且
行輪主草屋流橋西北有土溝間之溝傍入云圖勿取土登

者相傳之誤也南望鍾山一峯上于天際秀立如玉笋都城萬雉紅光紫氣蔚蔚葱葱結爲龍文散爲霞彩誠萬世帝王之都也日過午下山回至小村市望見樹林陰翳中一徑沿澗上兩傍皆松栢有古寺甚牢落梁本業寺也剏於天監九年五代時碑刻尚存有古桂二株其本枯朽其旁枝復拱抱又將枯矣疑與寺同植者從傍入一小軒軒外多竹其南有古井水滿而清汲以烹茶味甘洌乃命酒酌軒中酌罷復尋寺前小徑轉登寺後山山多石石罅多棘刺行則鉤衣以手褰衣去地尺徐行至一巨石上坐息眺望少頃從山脊下至寺已昏暗取酒燈下更酌别入一小室坐久始就寢山空夜凉寂無人語但聞蟲鳴唧唧窓外落葉摵摵作聲余久不能寐地志云謝靈運墓在寺近欲待明訪之叩僧不知其

處庚申旦離寺由故道入麒麟門緣鍾山麓而行午至靈谷寺觀當時善畫者圖靈景海水于壁寺僧出東坡詩翰有元諸名公品題并宋璲篆書金剛經觀之至暮而還廣自惟以匪才際遇 明時荷
聖天子寵眷置於侍從優游 禁闥無所禆益夙夜悚懼況敢爲暇逸之事乎屬
聖天子致孝皇考樹石園林昭功德於萬世暨其制作不敢以忽故三事大夫及百執事咸得賜觀廣幸從二君子之後徜徉於山水之間凡目之所見耳之所聞與夫一草一木之微無不可樂是皆
聖天子之賜也烏可不知其所自遂執筆記之

皇明文衡卷之三十三
聖天子之賜也曷可不知其所自遂執筆記之
微無不可樂是皆
徜徉於山水之間凡目之所見耳之所聞與夫一草一木之
以遨於三事大夫及百執事咸得與觀於游幸從二三子之後
聖天子致斯亭者右園林昭於德於萬世豈其能作不敢
敢爲纂述之事乎圖
聖天子寵眷賓於侍從優游禁闥無所裨益夙夜惶懼況
匪木際遇明時者
諸名公品題并宋翰林學士金剛經觀之至暮而還廣自推以
寺觀當時善書者圖畫海水千里寺僧出東坡詩韓有元
處其中巳歸于由此道入興聖門循鍾山麓而行至靈谷

不能寐地志所謂靈運宅在寺近欲待明訪之而僧不知其
空夜涼殺無人語但聞蟲鳴聲寂寥殊外落葉撼作聲令人
下至寺已昏暗取酒燈下更酌酒數人一小室中久坐就寢山
以手搴衣去鞋尺許行至一石上坐息眺望少頃從山有
後寺前小徑轉登寺後山上各石石罅多棘刺行則鉤衣
南有古井水滿而清及汲試味甘洌乃命酒酌軒中酌而罷
與稚又轉右行若矣穀與寺回指其處次客入一小軒軒外多竹其
監九年五代時碑則尙有古柱三株其本枯其旁枝復
徑沿澗上兩傍皆松柏有古寺甚深落本葉寺也湖於天
帝王之都也日過午下山回至小村市望見樹林陰翳中一
萬雖於此衆鳥寂靜紛然龍文散無震綴誦高世
者相傳之說也南望鍾山一峯上干天際若近而在峯前

皇明文衡卷之三十四

記

遊東山記

楊士奇

洪武乙亥余客武昌武昌蔣隱溪先生始吾盧陵人年已八十餘好道家書其子立恭兼治儒術能詩皆意度闓爽然深自晦匿不妄交游獨與余相得也是歲二月朔余三人者携童子四五人載酒殽出游隱溪乘小肩輿余與立恭徒步天未明東行過洪山寺二里許折北穿小徑可十里度松林涉澗澗水澄徹深處可浮小舟傍有磐石容坐十數人松柏竹樹之陰森布蒙密時風日和暢草木之葩爛然香氣拂拂襲衣禽鳥之聲不一類遂拂石而坐坐久聞雞犬聲余招立恭起東行數十步過小岡田疇平衍彌望有茅屋十數家遂造

焉一叟可七十餘歲素髮如雪被兩肩容色腴澤類飲酒者手一卷坐庭中蓋齊丘化書延余兩人坐一媪捧茗盌飲客牖下有書數帙立恭探得列子余得白虎通皆欲取而難於言叟識其意曰老夫無用也各懷之而出還坐石上揖顧童子摘芋葉爲盤載肉立恭舉瓠壺注酒傳觴數行立恭賦七言近體詩一章余和之酒半有騎而過者余故人武昌左護衛李千戶也駭而笑不下馬徑馳去須臾具盛饌及一道士偕來道士岳州人劉氏遂共酌道士出太乙真人圖求詩余賦五言古體一章書之立恭不作但酌酒飲道士不已道士不能勝降跽謝過衆皆大笑李出琵琶彈數曲立恭折竹竅而吹之作洞簫聲隱溪歌費無隱蘇武慢道士起舞蹁躚兩童子拍手跳躍隨其後已而道士復揖立恭曰柰何不與道

士詩立恭援筆書數絕句語益奇遂復所余與立恭飲少皆
醉起緣澗觀魚大者三四寸小者如指余慘餅餌投之翕然
聚巳而往來相忘也立恭戲以小石擲之輒盡散不復因共
慨嘆海鷗之事各賦七言絕詩一首道士出茶一餅衆析而
嚼之餘半餅遣童子遺予兩人巳而夕陽距西峯僅丈許隱
溪呼予還曰樂其無巳乎遂與李及道士別李以卒從二騎
送立恭及予時恐晚不能入城度澗折北而西取捷徑望草
埠門以歸中道隱溪指道旁岡麓顧余曰是吾所營樂丘處
也又指道旁桃花語余曰明年看花時索我於此既歸立恭
曰是遊宜有記爾未暇也是冬隱溪卒余哭之明年寒食與
立恭豫約詣墓下及期余病不果行未幾予歸廬陵過立恭
寓別始命筆追記之未畢立恭取讀慟哭余亦泣下遂罷然

念蔣氏父子交好之厚且在武昌山水之遊屢矣而樂無加
乎此故勉而終記之手録一通遺立恭嗚呼人生聚散靡常
異時或相望千里之外一展讀此文存沒離合之感其能已
於中邪既遊之明年八月戊子記

宣德二年進士題名記

宣德二年三月朔廷試進士得馬愉等百有一人
國朝廷試
天子御正朝親出制策既第其高下明日陳鹵簿傳臚
天子服皮弁絳紗袍御正朝文武羣臣朝服東西序立傳臚
既羣臣上賀其詞曰天開文運賢俊登庸士之與於斯者其
榮矣哉自設科兼取南北士而前十有五科南士往往數倍
於北

於斯

業矣夫自設科兼取南北士而前十有五科會士往往數百

既會試上貢其詞曰大開文運賢俊盈庭士人與於斯者其

天子服殿及于齊雍御正朝文武公卿東西序立傳臚

天子御正朝出制策賜第其高下明日陳留郵傳臚

國朝定制

宣德二年三月朔廷試進士得馬愉等百有一人

宣德二年進士題名記

於中禁既畢遣文明年八月成子記

冀得交相望于千里之外一夜讀其文有文辭合于處其能已

乎比歲鄉試之年錄一通讀立恭之名入上聚撥試

念稱以父子交好之厚在武昌山水之間陳誠而無而

宣別始命華進記之來卑立恭取讀遺叟今亦在下舍臨淮

立恭揮然諾吾家下及明今將不果行未幾予歸廬陵過立恭

曰是遊直有記衛未暇也是方冬寒作序今吳文明年冬食與

也又指道方桃花語今日明年會何時東方既別歸立恭遊

皆門以辭中益道隱溪指南海簡蘭邑今自哀吉所當樂佳造

從容未及于時俗晚不能入城盡文諭杜工西取律深言守

談乎手選詞緣與巳乎藝與遜之土則字以從二騎

實之陳半簡遺事予壽乎兩人巳而父陳理西峯傳大許隱

濟樂海壁之事各頭士諸紳諸一首直士出杏一話蒙搖西

得巳而從末相見由立恭數以小話綺之騎書散不復因此

詞祀漯問觀更大者三四十小者如指今修官鼎搖人會語洪

士若立恭皆書策數句皆盛亦述源何今與立恭當少者

皇上嗣統之初詔禮部科舉歲取百人南士什六北什四著爲令蓋簡用人材南北並進公天下之道也至是合前科未廷試者一人而其弟一人出山東前此南北士合試未有北士占首選者有之寔自今始禮部尚書臣濙言故事有題名刻石太學矧今　龍飛第一科宜有示後制可命臣士奇述文臣士奇既拜受命仰惟

國家取士非一途而士必以科第爲榮者

天子親耀之也今　朝廷親策廷試有録以示中外題名有碑以垂永遠夫豈徒顯其名哉固望爲當世之用太平之具也士平居勤苦學問亦豈徒藉爲名哉固將推所學見諸功業及諸天下也名之所在使後人睹之而思其所立歆豔愛慕之無已榮莫大焉不然碌碌無稱或所行非所學後將有指其名而疵議之者矣此係其立志與否嗚呼可不勉歟於是　朝之令典宜有紀士之立志宜有勸敬拜手稽首具書于題名之首時奉　命讀卷及執事之臣列諸其陰

滁州重建醉翁亭記

三代而下以仁厚爲治者莫踰於宋宋興三百年其民安於仁厚之治者莫踰昭陵之世當時君臣一德若韓范富歐號稱人傑皆以國家生民爲心以太平爲己任蓋至于今天下士大夫想其時論其功景仰歆慕之無已也而當時同朝有君子焉小人焉君子不容於小人不能久安於中或暫黜而遽還或屢擯而復用而終能顯其功名者由其君之明也歐陽文忠公以古文與學直言正行卓卓當時其凜然忠義之氣知有君而已知有道而已身不暇恤其暇卹小人哉而小

人皆不便之故一斥夷陵再斥於滁既復起歷踐清華從容
廟堂與諸君子坐致國家於磐石之安者非由君之明乎若
公在夷陵歲餘在滁閱三歲皆無幾微遷謫之意方日務保
民而與民旦暮相親相娛樂若父子然者君子之道固無往
不自得也我
仁宗皇帝在東宮覽公奏議愛重不已有生不同時之嘆嘗
舉公所以事君者勉羣臣又曰三代以下之文惟歐陽文忠
公有雍容醇厚氣象既盡取公文集命儒臣校定刻之永樂
庚子冬被　召赴北京過滁登琅琊山問醉翁亭但見寒蕪
荒址惟醉翁亭二賢堂六字隱隱巖石間顧時滁之守臣無
足語者顧其從臣曰邦先賢之跡棄不治如此其政可知矣
太息去之後六年太僕寺卿趙君至趙君素慕公之賢又知

滁之人思公不忘也出俸倡其寮及滁人復作醉翁亭而刻
公所爲記寘亭中亭後作堂以祀二賢二賢者王元之及公
也元之至道二年自翰林學士出知滁州其文章及立朝大
節與公相望合而祀之因滁之舊也醉翁亭之前舊有六一
泉跡導加石甃焉百費所需不出於公而加於舊規於是滁
人歲時謁拜二賢退而歌詠公之文章又徘徊泉上如親見
公之樂乎此也而有以慰其不忘君子之心焉昔召公布政
南國後人思之至不忍傷其所息之木而況公嘗樂於此者
乎君子之感人心固自有不能已者而非有賢者倡率於上
則亦莫能遂所欲爲此滁人所以有待於趙君也趙君名進
字孝禮天台人發身科第累任顯官自廣東布政司參政遷
太僕卿於滁豈弟敦厚明達大體所至爲所當爲以賢能稱

入皆不復以故一舛義陵[illegible]
鄉嘗與諸君子坐[illegible]國家於[illegible]
公在夜役[illegible]在滁閣三歲[illegible]
民而與民日暮相[illegible]樂若父子者[illegible]
不自得也歟
仁宗皇帝在東宮[illegible]公奏議[illegible]
[illegible]

[illegible]

相斯舉者太僕少卿蘇實龐垍丞楊文達孫暠宋載劉璧主簿舒伯治及滁人褚士良等十人經始於洪熙元年四月成於宣德元年正月於是士良等請文記歲月其成之又明年二月甲子記

虎丘雲巖寺重修記

蘇長洲縣之西北不十里有山曰虎丘吳闔閭所瘞處也世傳既瘞有白虎之異故名岡阜盤欝泉石奇詭蓋晉王珣及弟珉之別墅咸和二年捐爲寺始東西二寺唐會昌中合爲一而名雲巖者昉於宋大中祥符間載盧熊郡志如此始請順尊者主此寺至隆禪師而復振歷世變故寺屢壞輒屢有興之洪武甲戌寺復燬永樂初性海主寺始作佛殿其作浮圖七級繼性海者楚芳作文殊殿十七年良价繼楚芳是年

作庖庫作東廡明年作西廡作僧舍又明年作妙莊嚴閣又三年閣成蓋寺至良价始復完价所作閣之功最鉅凡三重崇百二十尺有奇廣八十尺有奇深六十尺上奉三世佛及萬佛像中奉觀音大士及諸天像其材之費爲鈔三十餘萬貫金石彩繪之費六十餘萬貫又經營作天王殿以次成良价杭之海昌人石菴其字今僧錄闡教止菴其師也余聞諸刑部主事陳亢宗云良价嘗從亢宗游遂因以求余記其成余聞虎丘據蘇之勝歲時蘇人耆老壯少閒暇而出游者必之此士大夫宴餞賓客亦必至此四方貴人名流之過蘇者必不以事而廢遊於此也然亦有興念夫王氏之嘗樂於此者乎當是時王氏父子兄弟龍祿隆盛光榮赫奕舉一世孰加也而能遺棄所樂輕若脫屣焉若豈獨以爲福利之資乎

加也而說讀樂何樂聖右所用屬右益語以爲語之道耶
者乎言是非王氏父子凡弟龍淵寺僧光禪靜大乘一世譜
必不以事而廢道於此也於有興念夫王氏之寶樂於此
之此士大夫高僧賓客亦必至此四方貴人名流之過遊者
余聞元正陵之錄人勝蹟入者而莊以遠嗣服而出游者記
刑部主事陳元宗云見亢宗詩遂因以求余記其成
作記文序邑人石庵直方令會錄闡教止庵其師也余聞諸
真余石多續之貴六十餘萬貫文經濟作天王殿以次成其
寫佛像中奉觀音大士及諸天像其林之實爲錢三十餘萬
崇百二十尺有奇壽八十又有奇十六十尺上奉三世佛及
三年閣成蓋寺至是作始復完所作閣之功最鉅凡三重
作寫事作東廡明年作西廡作僧舍又明年作鐘鼓樓閣文

圖十級經主演普說作文殊殿十七年又作藏經閣是年
興又洪武甲戌寺毀亦兼於是廢主寺始作佛殿其作字
順尊者主此寺主僧禪師而復振起寺衰文故寺廢興有
一而名云慶贊青時於宋大中祥符間敕賜額能志之如此寺
第一理文別教知一年崗為寺始東西二寺會合中合爲
傳說蔭有白虎之異故名寶泉石寺盡壽主而文
餘長洲嶼之西北不十里有山曰虎丘其國門所謂者也

虎丘雲巖寺重修記

二月甲子記
宣德元年正月乃是上一字余請文記其成今又明年
潭詣伯治又游入諸士及弟十人都請於其元年四日戌
相與將若大衆少都諸僧大都流遍長至遠書記記堂

其亦審夫富貴之不可久處與子孫之未必世有者乎雖其智識趨向高明正大不足以庶幾范希文之爲而無所係累乎外物視李文饒溺情役志下至於草木之微者豈不超然遠之也而自建寺以來今千餘年雖屢壞而屢興其飛甍傑構凌切雲漢與其山川相輝煥稱名勝於東南愈久而不衰者固佛之道足以鼓動天下亦必其徒多得夫瓌瑋踔絕刻厲勤篤材智之人能張大其師之道以致夫多助之力也瓌瑋踔絕刻厲勤篤之人其用意也宏其立志也確有不爲爲之而孰禦其成哉嗟乎君人也使就於世用有不立事建功而可以裨當時聞後世哉吾又以慨夫屢見之於彼而鮮遇於此也

聚奎堂記

宣德二年春　太子少傅工部尚書兼謹身殿大學士建安楊公得故廨宇於長安門之南而修葺之周垣數百步凡屋四楹制度簡樸梁柱不斵編葦覆茅塗塈潔素間而三之其中爲堂高明靚深南楹北戶疏暢洞達東西二室左備偃休西庋圖史庖湢具於兩序卉木之秀環列前後四顧虛曠埃壒之影車馬之音邈不及究然郊郭之外高人逸士之所棲託也置僮奴數人酒壺茶竈與凡延賓客之物恒具公之意蓋將朝退之暇及其寮寀游息於此以適夫蕭散之趣也既成會

上臨軒策士其第一甲三人皆授職翰林馬愉脩撰杜寧謝璉皆編脩於是館閣諸賢相與置酒堂中爲三人賀主獻賓酬觴行甚樂有言于列者曰斯會斯堂誠稱古之人名其居

酒行其樂有言于列者曰斯會也宜有文以紀之人各其說諸公於詩者凡諸賓客與酒中為三人謂主客寫上諸舉第士其第一甲三人者故顧林思尚書推宰輔茂會

蓋舉朝夕及其宗族宦於此以宣夫兼以致也錄諸也置簡數入酒書於幾乃合宜勿其道以為遂之發東書之音幾不及宛此亦有篇之士入行潦西以圖史所涵具於西序井水之香致朝於簡然後攸中為堂高明詩深南檻北向游賦其東西二室方簾播於四牖制度簡樸梁柱不斲[illegible]揚公得致於其門大人南京[illegible]宣德二年春　太子少傅工部尚書兼謹身殿大學士建安

深翠堂記

於此也

而可以禪當時闡發世故吾又以鄭太史見之於後而為遇之而弃禪其政教于若人也使游於世用有不立事功章與斯於潮屬動之人其用意於其志也故有不為道屬動萬林者之人能集大其節之道以救大夫與之力也若固佛之道足以鼓動天下亦必其深大章與辯[illegible]實切雲漢與其山川相輝映名勝於東南後文而不家遠人也而自達于以來千餘年雖興衰而圖其興廢卒平可觀乎文章清發志不至於十大淵若西不遊於其觀高明正大不朽以垂教之於是西來所謂其中精者夫富貴之不可久遊于世以本必其有植者

盖有因事而志喜者請名堂曰聚奎何如衆皆曰然少傅公
屬予爲記衆皆爲詩夫奎西方之宿十六星與壁相比談天
者類曰奎壁主文章而圖書秘府也今則吾徒之職守在焉
國家選賢非一途而進士科爲重自洪武辛亥至今五十有
七年臨軒策士十有六所得士之賢者濟濟中外有光政治
之任而擢承明著作之庭者又皆當時之極選也今
聖明在上丕闡文化斯民生遂四境晏然太平盛致也吾徒
得以閒暇宴適於此千載罕遇
上之賜固士君子所不能忘而升斯堂也於少傅公之所以
自致亦未可忽哉公自登高科歷事　列聖幾三十年未嘗
一日不在
天子左右其文學才猷所以裨益　聖治者愈久而愈勤故

天寵愈進而愈厚詩曰夙夜匪懈以事一人少傅公有焉然
則公禄爵之進尚未已也而凡在此者有心公之心將繼起
而光大亦未已也三年一大比賢才之出當益盛則相與如
今日之宴聚斯堂亦未已也吾雖老尚屢見之哉

溧陽縣儒學重修大成殿記

高皇帝正大統之三年詔嶽鎮海瀆封號如古制以山水稱
忠臣烈士稱當時初封出於歷代所加者一切罷去孔子明
先王之要道爲天下師以濟後世非有功一方一時者比封
爵宜如歷代所尊崇著于令典垂之千萬年而定鼎之初即
建學立廟　京師親臨釋奠又　詔通祀於郡縣又
詔能從祀之侯於孔氏者所以揆前聖之大中而垂來代之
鴻範也

皇上繼承大統益崇孔子之道以治教天下　親幸太學行
釋奠禮又　詔有司治曲阜廟蓋自漢以來崇禮先師極盛
於今日矣孔子之道天之道也國家生民不可一日以無者
伏羲神農黃帝堯舜禹湯文武行斯道於上孔子明斯道於
下皆聖人也而使後之繼伏羲神農黃帝堯舜禹湯文武之
位得以行斯道者孔子之功也論其功而隆其禮聖人之心
也繇是天下至於海隅郡縣皆有廟學其人皆知孔子之道
尊且大而况乎首善之地百里之外其民心嚮慕興起爲何
如哉溧陽縣故爲州有廟學元季燬於兵國初林公慶知州
事乃新作之垂五十年矣禮殿弊壞教諭梁本之始至謁先
師顧瞻惕然懼無以安明靈副　德意於是積俸廩節百費
以謀更新而訓導陳余適來議益克協乃白之縣令丞皆曰
此吾職也敢不竭力以相縣民耆老聞之又皆曰此非以圖
善吾民乎柰何吾坐視自逸即皆自言願有助也本之以其
情言於　朝從之於是自其以下各隨力出私帑作大成殿
若干楹易故以新工良材堅高敞宏麗加于舊規又新作夫
子四配十哲像踰年以成由是歲春秋邑長貳學官諸生奉
詔行禮對越有嚴秉虔將事罔或踰越退而歛焉敬脩所學
以求無怍於古聖賢將上以允
國家之用下以厚邦邑之俗所係豈細故哉諸生來請書其
成夫受命有政教之寄而能究知本原之意相與殫力一心
不費於公不勞於衆以底成功可爲不忝而爲民父兄於斯
舉奮起趨事皆如當然又以見人性之善而王化之被矣皆
可書也是役也肇於永樂庚寅其月明年六月竣事經始者

本之垂成以家艱去代本之者陳余及訓導某皆與相力故具書之其者民之與力者若干人書之碑陰嗚呼後之受政教之寄於斯爲民父兄於斯者可以觀矣

皇明文衡卷之三十四

[illegible]

皇明文衡卷之三十四

記

重脩河南程氏三先生墓祠記　楊榮

氏先賢所當祀而祀之禮也立祠於墓以祀者禮從義起者也祠久而傾傾而興者常也常則不書而書者大復故也河洛於天地之中扶輿清淑之所鍾賢哲之生自昔林林而盛矣然莫盛於宋程氏父子三先生者程氏世居嵩之陸渾三先生卒俱瘞洛陽縣之府店保遺墓至今具存墓側有祠後人以爲享嘗之所歷歲滋久荐罹兵燹向之隆者夷壯者敝茂皆宿莽一視蕩然誠當道者所宜究心也錢塘周鑑自郎署出參藩政歷是邦覩之慨然即有志於興復第縻於職務弗果宣德辛亥春

皇上圖弘化理重惟古昔聖賢之道乃頒明詔凡天下郡縣有先聖先賢祠墓在者所司宜以時修葺毋就于廢鑑祇承德音樂以斯事自任遂以其秋行郡道經嵩邑抵程氏故居得其十六代孫曰子中者與同詣墓所薙去荒穢辨正方位先捐己俸爲倡河南守郯城李驥及屬邑令佐亦以其俸助之遂召工計資凡所需之物則取於近邑所宜産戒以期輸集無敢緩者以是年某月日之吉興工工能材良需用咸足於某月日告成垣墉棟宇皆復舊規封築堅厚樹植繁密凡所供設之器莫不畢具以其月日立開國公神主於祠之中以明道伊川二先生侑食依故制也復子中家俾守祠事遂率郡屬祗奠焉奠已諗于衆曰惟是三先生之墓自宋至今餘三百載其間興廢者幾漫不可知顧念吾徒誦其遺言服

鑾二百載且間興絕學者不可知而謂合諸家論其遺言服
李亦嘗論其宋之文亦試論十家曰惟是三先生之文宋自宋元今
以明道爲任三先生倘令不改而之後乎中興傑其而王言途
所作之器莫不更其以其所四之開國公神主亦回文中
於其日古文者抽補之符不複讀見刊數梅而歐陽之首凡
集所取於者之是年其入曰文古興于上能林改誤用汝足
之流於三詩資方而靈之而則取於近邑所宜誰故以其類輔
先指已來而信何宋守鄉治宇鐫以國己合作亦以其法助
得其十六次謀四子中書通向善事所難者話辨正方言
觀言樂以其事自任之以其秋行請直深高門改播氏故居
有先生輩先賢何其哀在若所以宜以時仕待再就于成遍於定
皇上圖治化理重淮古昔聖賢之道乃須明詔九天下郡縣

而果宣德辛亥之春
音出於藩政所遊入而亦思有志於興起廢墜崇殊務
乃皆宦帝一招淡染諭宣道者亦宜究心也致讀書者問白即
入以爲章書之所記載故文字匪上發向之深稽誌世者散
先生之書流於陽淑之所古昔遺書奎今且有存者面前後
宋宗高語於宋者凡文正三先生者理之世居嘉文達運三
洛於大也之中宗典請致之所重精微之主自古林林而殺
也何以在價備而聖者象也寄則不書而有大激改也何
乃先覺所當而可以傳也於間於秦之所若禮行致定旨
重儲可續程氏三先生集而記　　撰
記

其遺訓用底有位玆得奉　明詔以周旋執事於故丘之間幸爾訖事敢不可無書雖墓間之石著當時銘表在無庸重述而祠之興作歲月不有誌之將何以示後衆皆曰然鑑比以公務來北京屬禮部郎中兼翰林侍書蔣暉請予記其事予惟道統之傳自吾夫子繼堯舜禹湯文武周公之後集其大成而不得位以行於天下遂私淑於其徒然在當時惟顏氏曾氏之傳獨得其宗及曾氏之再傳而子思三傳而孟子孟子沒其道無傳寥寥千百載間不絕如綫迨宋之興文運斯振而明道伊川二先生出孟氏之傳乃續而其學之所自實本濂溪周元公茂叔方元公司理南安時開國攝通守事知其賢深與友善因遣二先生從學卒能以其道倡天下傳於後世人至于今賴之是二先生之功當不在孟子下也宋季臨卭魏華父氏奉奉以二先生易名爲請遂定謚伯曰純公叔曰正公皆得從祀先聖廟廷此天下之通祀也天下通祀則墓祠不立可也而墓又有祠蓋墓祠則猶廟祭一家之私祀也通祀以道統之傳惟二先生得與其列私祀則推其所自出而開國公擇師教子之賢是不可泯也揆之於禮殆亦弗悖矣夫然則祠之廢興歲月其誌之也宜嘉鑑之能知所重因其請謹爲之記

書畫船記

黃淮

陸乘車輿水乘舟古之制也余自筮仕以來承乏兩制四十餘年旦入禁垣侍帷幄薄暮還私館音一使齋習以故未輿馬之日多而乘舟之日蓋少也頃因謝病還故里頻年入　覲沂江入淮以達

又曰蓋以右所固有之理而後求其理而達于人觀乎己入道以道
事業莫不由是以出蓋一本故其學與禮以日新以暢其學
四十餘年旦入禁垣者
臨乘卓與千里以乘其古之制也今自其壯以來承之所書

書齋記　　　　黄淮

所重固其請益之以記
亦稱其大成與周公之教學于入門是不可以假此學大成之業始
知自出而開國公羣師之傳惟二先生得與其列而禮樂其
祀之道所以道德之業有祠宇廟祀追祭一家之
祀則義禮不可也而姦又顧過此天下通也天下通
公成曰王公昔得從先聖顧過此天下是以無言而論者曰誰
卒臨之以事父及先之以二先生之說以請從定論祖曰誰

於後世入至于今體之是二程朱之功當不在孟子下也宋
知其賢深與文善因達二程之學亦能以其道倡天下傳
尊本宗學周元公孫欽子元公河理南為伊川開國端迪守書
斯禮而明道伊川二夫子出孟氏之傳乃續而其學之所自
孟子沒其道更東寓寄三百數年不絕如綫迨宋之興文運
氏曾子之傳獨得其宗及子思氏之再傳而得孟子孟子
大成而不得位以行於天下道之萬世其後在當時惟顏
子惟道統之傳自堯舜禹湯文武周公孔子集其
以公務來此時京讓禮部郎中兼翰林侍書丞記其事
述而稱之以示後學自諸不有其何以示後學者日激鑑此
學雨前言之稱述其何以書理石者當時錄表在重祠實
其遺訓用欣有征然得来　明言以周旋事告政在之閒

千會通非舟不可行居鄉屏處先隴往來湖山間必以舟從轟與在職時事多相左亦其勢然也吾鄉湖中之舟甚偪仄編竹為篷且易損竊嘗病之今年棐槃二子以余齒高力衰舟輕劣不足以濟頗更造新舟頗覺廣板上覆以蔽風雨牖兩傍以便觀覽與客同泛可布十餘席中設小榻獨往可以備燕息後闢行廚可以供茗飲為余慮甚周亦人子之至情也昔米元章名其行舸曰書畫船至今以為美談余與元章無能為役然儒者出入必以書畫俱假名自況無乃不可乎嘗讀歐陽文忠公畫舫齋記始則追思謫宦遠涉觸蛟鼉冒波濤寢驚而夢愕終則羨夫逃世江湖之上者順風恬波傲然枕席一日千里自顧有所未暇余也既免蛟鼉波濤之危又無順風千里之遠天宇登妍徜徉乎近境岸草汀花前迎後擁足以悅吾目漁唱棹歌交響互答足以充吾耳耳目各有所適氣舒神暢其樂陶然於是絃琴賦詩以發其趣或與賓朋布弈傳觴賡酬笑謔視彼傲然枕席孰優孰劣向非得請而歸乘輿策馬追逐公卿之後勞則勞矣然非病夫所宜何有於樂哉是皆

上之賜也

上之恩猶天然言語文字豈能盡述姑記所及用以自慶云爾

蕭山魏氏祠堂記

古者家廟之制大夫三廟二壇適士以下各有差等庶士庶人無廟祭於寢享止考妣而已後世廟制非有命不得立是不獨庶士庶人之無廟也夫禮緣乎人情而起之以義所以

報本反始者也喪服上至高祖而享有所不及豈孝子慈孫之意哉於是司馬文正公河南程夫子相繼詳定始以高曾祖禰祭於影堂紫陽朱夫子又略加損益爲祠堂之制著於家禮而後孝子慈孫始得有以致其情也

國朝列其書於性理大全爲萬世不刊之典甚嘉惠斯人之意盛矣哉吏部侍郎魏驥仲房其先光州固始人五世祖文昌宋江淮制置司制幹扈蹕至臨安遂家焉高祖有聲元常德路判官曾祖應臨平務副使祖毅廣東鹽課司提舉父伯雅洪武初仕至寶鈔提舉司都監以子貴累贈吏部考功員外郎叔父希哲上高知縣再徙蕭山驥實其子嗣伯父都監公後於序次爲宗嫡爰即其所居構祠堂若干楹祀高曾祖禰位次儀度一依家禮又別爲一室設二龕一奉自固始遷

錢塘遷蕭山之祖倣祭先祖之義立春及忌日出其主祭於正寢易世不遷使子孫知世業所從來馳書徵文爲記余惟家廟廢而祠堂作經三大儒而制始定緣情以審義因義以起禮厚而不失爲僭驥於四代之外增祀始遷之祖此又情之至義之盡報本反始之道備矣雖然禮有本有文規制儀等禮之文也誠敬禮之本也祖宗之於子孫一氣之流通誠有不存則氣㥏志驕心神飛越與祖宗精爽判然不相關乃欲備儀文行虛禮感應於我須難矣哉驥嘗爲太常博士陞亞卿存誠事神講之明行之習其於祀先也宜無間然矣詩曰孝子不匱永錫爾類子子孫孫盡思纘承於無窮焉

松江府濟農倉記　胡儼

民者國之本農所以養民也昔厲山氏之子曰農能殖穀後

世人名耕者爲農農本濟民今曰濟農何也民農一耳食者
民而耕者農四民之業食者衆而耕者貧耕者貧不有以濟
之則民何由得其養哉爲政者孰不欲濟農然得其道者鮮
得其道而農獲其濟者今吾於吳松之爲政者見之矣松之
爲郡所統者華亭上海二縣其地不過二百里而田賦百二
十餘萬石視他郡爲特重每歲春夏農之貧者必舉債而後
能力作幸而有秋則先償私債然後及公賦公私旣輸而農
則貧矣農貧復假貸或鬻子女或棄本業日彌月削積貧至
困如火銷膏不獲其所者可勝言哉保定趙侯豫來爲郡守
深以爲憂適工部侍郎廬陵周公忱巡撫至郡趙侯白其事
周公默識之然郡無宿積愛莫能施宣德七年秋東吳歲稔
會　朝廷命下平糴勸分以備賑卹於是周公乃與趙侯協

謀而力行之得米六萬石分貯於華亭上海名其倉曰濟農
明年歲侵松江飢民二十餘萬計口者五十萬餘乃盡發所
儲以賑之民乃獲濟周公復思廣爲之備乃下令瀕水立場
凡輸賦者民自發運不入里胥之手視舊所輸減三之一公
又與趙侯謀曰郡歲徵北京將帥祿俸轉輸南京給之計其
所費每米六斗致一石彼能受於南京獨不可受於此乎若
來此給之便且以省費之米儲濟農倉農可無憂矣趙侯曰
善非公莫能爲也遂言于
朝而松江得省米十五萬石并以各場之羸及平糴所貯凡
二十一萬餘石公曰是不獨濟農凡運輸有損負者及築隄
防而力役者亦借給之民不失所矣是冬朝　京師以其事
咨戶部戶部以　聞如其請下松江廣二縣之倉以貯焉其

容以海口無人閱故其請十萬江南一郡人食以當其
而力役者亦稍紓矣民不失所然吳人交頌京師以其事
二十一萬餘石公曰吳人不獨輸稅有道者又發所
額而松江得省米十五萬石并以各縣之羨餘平糶所已
羨耗公竟能爲也以言十
米比舊省米六十萬且以一歲之本諸衞各倉京官俸米可無憂矣足也
所費每米陸續以給之收其可贖者發給以息本於其
又興轉運者其民自寓於縣之一也皆見歸鄉中以積所其
比諸以賑民又民亦得其事三十餘里運糧之滿三之一公
諸以年成後公行江北皆數至二十有萬者以之乃十萬斛公憂立
明年荒饑役以行之聞之見下萬餘多本公立德
賴而力行之其民六萬石分所府事上海居之以日漸

會
朝廷令下郡縣以備賑卹方是周公乃與巡撫侍
周公頗蘇之然後郡與府大宗交事十年秋東吳歲旱
以公為之歲三部所待者可為是卹主郡通飢自其常
深國以賢大造計三併佐所信者請文歲侵民為者
則人其以費者發前役所撫者乃民以是鄉中
能宗事而未復者則因為卹存其存者公十歲賑
十錢有所其石可歸利多有與善又分以之收
為所講稅事上海之縣其餘費前日鄉民者二
得其遣而事乃治今言以定其多有日則之
又則民以由其者之不在之食者
是而持者有四民文養有之足者
也人治耕公其今民以日者何在民有一其食者

帳籍出納則擇官之廉能與其民之賢者掌之每春夏之交施散以時歛必以冬而足凡其條約皆公所畫可謂勤恤民隱經綸變通與民宜之者也踰二年郡又旱大發農倉以賑貸而民不知飢乃相率詣趙侯請曰吾民往時歲豐猶窘衣食者迫於債負也今遇凶荒得免飢阻不至流殍此實周公之惠我公協贊之力也苟得文字載之貞石以傳世示後則二公之良法美意吾民永有賴焉趙侯於是屬前翰林編脩郡人楊珙寓書以耆民杜宗桓所述本末請爲之記噫余昔以文事仕於其土者于今四十九年矣於其父兄子弟固不能忘情而侍郎周公又余故人重以趙侯之請豈得無言也哉周官太司徒掌荒政十有二其一曰散利散利貸種也洪範八政總之曰農曰農厚生也農倉之設豈非貸種厚生之遺意乎其與常平義倉同一養民而尤切者也故曰積貯者天下之大命而君子爲政以恤民爲報國二公之事皆可書余故史官也用著其實以告來者

承恩堂記　楊溥

皇上嗣登大寶嘉念蒼生期底雍熙圖任老成人彌綸治化少師吏部尚書蹇公實爲之冠宣德七年秋　詔有司若曰予有輔臣粤自　先朝偉著德望暨于今啓沃居多予于庶政咨焉予于庶官審焉克允克諧實惟其人欲新厥居以稱予優禮之意其繪圖以進有司明日以圖進弗稱又明日更爲圖進弗稱

上乃自規畫授有司乃卜地於都城東南厥位維陽厥土維剛揀材於肆厥木維良厥石維貞陶瓦維堅乃卜日之吉鳩

工並作袤高以平築虛以實引繩縮版以垣厥周乃建厥堂翼之以室乃闢厥路重之以門甓之甃之塗之沐之不踰月告成祀先有廟禮賓有館庖有廚汲有井有庫有廐以儲以牧輪奐咸美有用具備復 命大臣燕飲以落之肴核酒醴咸出大官公謂翰林學士楊溥曰昔晉獻文子成室諸大夫發焉當時善頌善禱者見稱於君子子何以語我溥不敢以不敏辭乃酌而祝曰惟天佑國家乃賚以賢哲簡畀平格復錫以壽若周之畢公兼名文武之世相成王相康王永光周室公歷

四朝進位師保享高年輔

聖天子丕隆太平之運溥於斯爲 國家賀又酌而祝曰明盛之世惠歸之德君子享多福而民咸樂其樂是以錫馬蕃庶晝日三接乃惟康侯溥於斯爲天下蒼生賀又酌而祝曰福善之報惟有德於民者爲盛古昔名臣輔君致治實功允德孚達神明身被光榮澤流子孫與國同久詩曰維其有之是以似之溥於斯爲公賀公酌而復曰

聖天子之恩篤不敢忘子亦可謂善頌者矣謹名其堂曰承恩堂請書此以爲記

清白軒記　　梁潛

雲南按察僉事給良玉取漢太尉楊震所以遺其子孫者名其軒曰清白良玉世本於晉陽人自元末客蜀之巴縣久不能歸遂家焉其地在巴渝之間今重慶府屬邑也重慶昔者爲明氏僭竊之都也巴蜀之水至於此而合下爲三峽千餘里而後出夷陵其壯且險天下莫之過也予嘗道經其地覽

里而後世衰其法且廢天下莫以過也乎讀通經其出焉
焉所以書之緒也固已如此本注於此而合十為三十餘篇
能論其家言其說往往已詳於人間今重復存者書者
其辭以言古以其世書於吾晉人自元本傳皆以已深久不
書而學者究其意略見其取其大指所以通其說若干卷總名
者百書　　　　　　　　　吳說

周書序以孔說
聖天子以天下之大周悉不敢忘于天下可謂善讀書者矣本
是以學者之事深謹為公實公循而後已
德學子建神明與天地之體七十餘國同之書曰樂其有仁之
德善之詳有能知古者為古昔今臣輔者謂有貴少之
然書曰三樂乃增廣於書主以為天下蒼生德之而經之已

盛之世專論之詳之書於平其時為而民成其業是以告
聖天子正隆太平之運於方真所為　國家資文而昭回明
四朝之治化所為卓者著其一
宅之德
鎬以言若甫之事以象合文武之法而成王相康王未克厚
下以辭乃西而成曰懷天下佑寶家以實以賢智學平將得
錄焉當時善以善誦書見識於言于子何以諭救學不敢以
成出大官公謂論林學士應運日善書誦女子成宅誥大夫
牧與以美而用具備役命大臣敬以洛以齊於酒醴
音綸而行其有濟命有詩而有衡及有井有章有酒以洛以
譔之成以宅乃圖曰道士有以畢以賢之金本一以語曰
日之以言乃以年惑首以年章旺以寓圖成以回周乃無殷寶

其山川因訪其遺老蓋

太祖皇帝之定四方也最後乃取蜀方其用兵時一自漢中入取成都一自夷陵攻瞿塘成都既潰瞿塘亦披靡不支遂直擣重慶明氏君臣既繫頸出降而兵馬糧餉府藏之貨財遠近屬邑悉封上于有司其地未盡煩兵戈故其民至今號爲富完其學者習於禮義才充而氣完仕於時往往致通顯者此豈獨其山川之高深致然也亦其安集富完之餘遭逢太平之盛加以詩書之涵養而流風遺俗之未泯者因得薫其化而致顯融於時其材之成有自來也哉良玉蔚然有今學者之文詞而介然以古君子清挍之操自勵觀其所以名軒而想其意氣之偉岀豈不賢矣哉而豈獨如是而止也定其志而不遷充其所守而不奪則見之於事業者固將燁然照耀其山川無窮也剘其所謂清白者又何以異乎昔之人所云耶予自去蜀以來京師往還兩都忽忽幾二十年志氣之衰耗甚矣然猶常時想望其山川而思見其士之志節蓋其去之已久而與之接者益少聞良玉之介且潔而又居乎風紀之任足以行乎其志其可愛也夫其可尚也夫良玉以求予記因爲本其山川習俗之故以記其軒

鑑豁書屋記　　鄒緝

古之爲士者其始皆學於家而後進而用於國故三代之世家有塾黨有庠術有序國有學其至於國學則其材已成而非黨庠術序之所事者矣其於學也凡詩書禮樂之教非徒誦其文通其辭習其升降俯仰之容識其鏗鏘綴兆之節而已所以和其心志正其容體盡格物致知之功以極夫盡性

至命之妙大而窮天地該古今微而起居食息一動一靜莫不有則是以非僻之干慢易之氣無自而入焉古之學者蓋如此所以爲不可及也後之學者則異於是矣誦習其文辭而或不能精察夫義理考識其名物而或不見於實用則所謂詩書禮樂者亦徒惟其虛文而已矣文其甚者講習之不聞而惟口耳之是務涉其流而不窮其源採其華而不究其實載籍雖具目不常睹而曰吾儒者吾儒者此豈不過哉其所以不及於古人良以此也夫士學而不如古而欲求夫材之大成不亦難矣哉此予所以常爲之深慨也新淦饒章俊民居於藍溪之上讀書爲學銳然有志已而爲邑稅諸生以其成業入貢于太學乃藏書於家而命之曰藍溪書屋又恐其久而忘之也來求余文以爲記予惟俊民少學于家力勤

其業既以窺探六籍之文遂及于成而進之太學其所得者不少矣因其所已得而不敢忘其所自取其遺書藏之以俟其後人其志之所存心之所在異於人也亦遠矣予既慨夫古今爲學之得失以爲士習之卑陋無以自進於高明而不能如古人之所成卓然特見於世也故因俊民之求予之文而并書以記之俾夫來者之或有所警發於斯焉

清足軒記　　陳繼

荆石上人生秀朗少有出塵志長薙髮而從縕庵禪師求佛道甚力所居無長物惟設熏爐茶具經函席凡庭下植竹百餘竿凉陰幢幢虛籟淙淙風回露晞蒼雪飄拂衣袂上人方定起笑歌其間俯仰宇宙視其久遠而若一瞬息廓然其中無一物之染着不知身之處埃𡏖乎而與羣有之相汨汨也

廉一物之不究者不以身之未至於天下之學而窮其理爲學之人自以而足也
究惟宋鄒其間所行宇宙窮其久遠者一時息歷淡其中
錄于宗傳書經注論注與舊本譜[illegible]之一編則不決上人方
道其力所著與物說之書集本具[illegible]所[illegible]下覽[illegible]百
期白上人主於所以有出書志者雜見殘於後錄論舊師示佛

請以軒記　陳謨

而祥書以記之俾後來者有所考焉於前者
能知古人之所以成其業者其世也故已從所以之大十文
古今爲學之文皁以爲士習之卑陋而無以自進於高明而不
其後入其志之所在理於無入也亦遠矣乎哉大
不少矣因其所已得而不敢忘其所自取其遺書藏之以傳
其業饋以編傳六籍之文遠及于成而進之大學其所得

其又而[illegible]也求來今文以爲說于雖後限少學千家方勤
其成業於入直于大學所藏書於家而命之曰[illegible]軒書屋文以
民信於盡深之士美書爲學說然有志已而爲已論諸生以
之大成不難亦如比以上所以常爲之深嶽也新僉寶章備
所以不及於古人良比乎所以爲之深嶽也所新[illegible]來林
審義精其且自者非也未夫士學而不如古而欲來適其
闡而惟口耳之學不宗然儒者吾儒者況豈不過大其
語詩書禮樂者亦皆諸其源不能其源而不及大究之人
而致不能精察其義理者其文而已矣文其其章者識窮之文
知比所以爲不可及也故學者具當其真實而有實用則其實
不有則其以非[illegible]之千里已學無自而入區古今之學者旨意
至命之多大而而天地古今微而居會宜一事一物一精之書

因名其居之軒曰清足予過而問之大雄氏之教以身世皆爲幻其謂幻者幻所有爲上人何勤於有爲而樂乎幻也且清者潔也足者無慊之謂也潔其心而無慊於中斯清足也何假乎名潔其行而無慊於德斯清足也何章乎有潔其居而無慊於適斯清足也何託乎寓假乎名章乎有託乎寓者詭於幻而幻之上幻於是之爲乎將偶於是而之爲乎上人曰子之言理固有吾之所求者然吾之謂清足者以水本清穢汙濁之其濁之者非水之性也水失其性水而不足爲水矣人性亦然性無不善欲累刻之其善斯不全善之不全性失之矣人失其性人而不足爲人也人性不失猶水之清清斯足其性矣吾之名吾軒者豈樂幻而爲哉將以警吾內而不囿於幻也所爲求吾爲者必自有爲始吾故以是爲之余聞而善之意上人頣吾書知性之喻而不膠於其徒之說故錄爲記以歸之噫人性之善上人果識其用也歟

諸葛武侯祠記　王直

南陽都城西有阜隆然而起曰卧龍岡漢諸葛武侯嘗居於此舊即其地建祠以祀焉元至大中河南行省平章政事何瑋行部謁祠下病其庳乃下有司克廣之又即祠之東建書院以設官養士事聞

朝廷名書院曰諸葛書院祠曰武侯之祠世移歲久書院蕪廢祠雖幸存然亦日就頹毀前之爲郡者莫克任之洪熙元年五月太守陳君正倫始至往謁焉周視祠宇蕭然破壞采椽敗席不除風雨退而嘆曰侯之德業在天下當百世祀之况其所居之地乎今祠如此何足以揭虔妥靈乃於農隙伐

材命工撤而新之冬十月成正堂四楹其餘方次第營之未就而當朝賀來京師明年春二月還郡適同知張汞推官司憲南陽縣令李桓圭後先繼至相與協力圖其事未幾兩廡皆成繚以周垣前爲大門以時啓閉而祠堂之制始克大備堂之中塑武侯像凡其器用則南陽衛南陽中護衛具焉正倫既告祀以落其成又歳以八月二十八日率郡縣僚屬奉少牢致祭拜跽有位薦奠有所進退周旋克中儀度郡之人士皆欣然稱嘆曰陳公爲此其可謂尚德之君子矣然不爲之記則何以示後人俾繼持之來勿壞於是桓圭以書來京師請予記予謂先王之道以明倫爲本周衰王者之迹熄至於秦極矣漢興學者乃復得聞先王之説至於光武明帝其道庶幾明矣士之出於其時者秉禮義循名節綱常之際截乎不可紊也降及靈獻大盜繼起建安以來曹氏最爲雄盛逞其詐力以誘脅天下豪傑之士莫不折而從之其所圖爲者無非僭竊暴悖之事豈復知有綱常之道哉迨華歆之計遂李伏之説行而三綱絶矣當是時莫有非之者雖吳國多賢亦委曲順從之不暇是天下之人皆淪於逆理亂常之歸獨武侯奮起圖復漢室毅然以誅曹爲心出師二表正名定分凜凜乎王者之師使天下之人曉然知曹氏爲賊綱常之道賴以不泯後之君子因是而正誼明道以扶世立教則侯之功大矣豈特與勞定國死勤事禦大災捍大患者比歟雖百世祀之可也且嘗游處乎此神之所顧懷民之所尚慕焄蒿悽愴如或見之則嚴祀之以示敎焉蓋宜矣然今之爲郡縣者於有司之事部使者之所督責尚勉勉焉有未至若先

聖之祀學校之政亦有怠而廢者其能崇先賢以儀後進如此誠鮮矣而正倫能之非誠所謂尚德者哉則凡政敎之所當務者其從容優裕可知矣正倫廬陵人由進士爲監察御史以恭儉慎静知名宜其所立有過人者故爲文俾刻諸石使後之人有考而繼之也

重修范文正公忠烈廟記

正統八年十一月蘇州府重修范文正公忠烈廟成其十一世孫都察院照磨子易具事始末屬直爲之記蓋公蘇人也曾祖徐國公祖唐國公考周國公皆葬蘇之天平山公嘗請於朝改天平山白雲菴爲白雲禪寺世度僧守焉作祠於寺之右以奉祀事至公之子孫又作祠於是祠之南以祀公然忠烈之名未有也宋自元昊反西鄙騷動師出無功乃命公

經畧公選將練兵築城寨營屯田據其要害示以形勢招徠屬羌恩信大洽决策取横山復靈武元昊勢屈乃請降西人仰公之德服公之化皆爲公置生祠公薨相與哭於祠下者累日不絶宣和間宇文虚中爲慶帥言公忠於朝廷其功烈顯於西土至今猶廟祀益虔然廟未有額徽宗命以忠烈名之且爲題其榜凡廟之在西者皆易以新名然蘇猶未有也紹興以來西土皆陷忠烈之廟越在異邦蘇之守令與其士大夫謀曰蘇公故郡也而天平山則公祠墳在焉公之精神必往來乎此乃更作新廟揭忠烈之榜於廟門由是蘇始有忠烈廟每歲上巳郡縣長吏率其屬致祭廟壞元至正乙酉嗣孫邦瑞士貴復新之末世兵亂燬焉踰八十年未有能復之者至是工部侍郎廬陵周公忱巡撫至于蘇而監察御史

公者宋工部侍郎[illegible]

[illegible]

[illegible]

[illegible]十一月[illegible]重修文正公忠烈廟成[illegible]十一

重修文正公忠烈廟記

[illegible]

劉君甄劉君仕昌鄭君顯皆以事蒞焉郡守李侯從智來會政事之暇語及茲廟因相與嘆曰公之德業著于當時傳于天下後世不繫乎廟之有無也然表先正以儀來今使後生小子得瞻其廟貌想其精忠偉烈而興企慕之心則廟亦不可無也乃各出資俾吳縣令永嘉葉錫圖其成錫毅然以身任之殫心盡力規畫處置凡鄰邑之令佐皆以資來助市良材命衆工爲堂前後各三間以奉公及三世先公像東西廂如其數以藏祭器而齋宿寓焉壯麗嚴整有加於昔中作石橋橋南左右爲碑亭前作大門榜曰勑賜范文正公忠烈廟經始於是年九月九日閱兩月而廟成直聞之士之能任天下之重者必以天下爲心心之欣戚主乎人而不私於己是以天下爲心者也以天下爲心則人庶其有濟矣初公未顯時已欲任天下之重嘗曰士當先天下之憂而憂後天下之樂而樂夫憂人之憂而欲免其憂使人皆樂然後與之同其樂此豈小丈夫然哉孟子曰禹思天下有溺者猶己溺之稷思天下有飢者猶己飢之公之心猶是也故其德業之盛不愧乎古人豈特著於西土也哉嗚呼士不以天下之重自任者多矣不以天下之重自任則其所存所行一主於爲己人之利害不少槩於其心而又悻悻然自以爲得功烈之卑無足怪也而所以爲士者果當如是邪然則公之孫與邦之人士及四方之來者拜公之廟慕公之功業必當師公之心克之以仁義而力行之於公其殆庶幾乎故爲之記而道予之所聞使刻諸石以告焉凡以資來助者其姓氏皆載之碑陰

皇明文衡卷之三十五

記

水木清華亭記

王英

吳縣知縣吳復克禮世居福州螺江之陽有亭爲燕游之所名曰水木清華亭蓋取晉尚書謝混西池詩之語云螺江地幽曠而亭之作據其勝近則嘉木森聳亭亭如車蓋清陰蔽虧涼飈時至水環繞而流明淨如鑑迴風激波遊魚出没稍遠則有虎頭之峯若顧若蹲若踞自南盤廻而西與羊崎諸山相連蜀而石陜渡在其前飛來石峙其後朝暮之間雲霞之舒歛雨霧之冥晦草樹之葱蒨與夫平皐遠岸沙鷗水鳥飛鳴上下遠近之景於斯亭一覽可見克禮日游於其中或讀書詠詩或彈琴酌酒或憑闌縱目意休休然甚適也嗟夫人之情所好不同馳騁車馬於通都大邑與王公貴人遨遊窮極乎耳目之所好者人皆悅之而山林泉石草木幽寂之境好之者甚少克禮獨愛悅焉蓋異於時人也已非古之所謂居高明而遠眺望者歟吳縣大邑也政務煩劇克禮爲邑宰清慎平恕事不苛擾民甚安之此可見其素所操履矣然而聲譽方隆顯用可待未得歸游亭之中以遂其樂乃屬中書舍人周其道其詳請記予嘉其志書以爲記復招之以詞曰

螺江之流兮瀰瀰瀕江之居兮居所止白石磊磊兮山峙峙煙雲杳靄兮古木陰翳君之去此兮歲月逝猿啼鶴怨兮誰與爲侶盍歸來兮日容與樹芳華兮憩江渚高吾車兮遠想從濯清泠兮追涼風發高咏兮彈絲桐亭中之樂兮與君同

汗漫青兮合宜涼風發兮高原只兮徘徊亭中以深兮遐邇同
興酒酣兮擊鼓[illegible]兮[illegible]其車兮夜闌
至樂兮古未聞兮古木蒼[illegible]兮[illegible]若老兮[illegible]
繞江水兮流兮[illegible]江兮[illegible]兮[illegible]上兮石[illegible]兮山林

曰

君子之閒其適其情[illegible]書[illegible]其志士[illegible]書以[illegible]
[illegible]可[illegible]亭[illegible]中
[illegible]書[illegible]平[illegible]其[illegible]見其[illegible]所[illegible]
[illegible]大[illegible]也[illegible]
[illegible]京[illegible]入[illegible]
[illegible]其[illegible]日[illegible]所[illegible]古[illegible]本[illegible]
[illegible]入[illegible]不同[illegible]車[illegible]大[illegible]王公[illegible]入[illegible]

讀書詠詩以寄其懷酌酒以適其情[illegible]夫
乘間上下其流以[illegible]亭[illegible]可見其中[illegible]以
之[illegible]詩[illegible]草[illegible]大[illegible]平[illegible]水[illegible]島
山相連[illegible]石[illegible]在其前[illegible]其後[illegible]段
遠則有[illegible]年[illegible]路自[illegible]與[illegible]諸
[illegible]涼[illegible]至水[illegible]所[illegible]激[illegible]出[illegible]
[illegible]西亭入[illegible]
名曰水木清華亭[illegible]
[illegible]

水木清華亭記　王英

重建蔡涇記

常州畿内大郡也其屬縣江陰之南十五里曰夏港其東有閘曰蔡涇南引湖水北通大江兩浙蘇松漕運及閩越商賈之舟皆經此而江陰武進無錫三邑之田凡數千頃皆資以灌溉遇旱湖涸江潮退則禾槁死舟不可通有閘以節制其水則田不病旱舟不病涸矣閘之創相傳始於唐歷宋元以及

國朝因其舊雖設官掌之而歲恒圮壞輒役民脩治用力甚繁而其功不可經久民與舟往來者病之知府莫侯之至常也政舉民安聞蔡涇久為民病欲圖改作以其事奏于

朝既從其請詔巡撫工部侍郎周公為之經度公受命與莫侯議當撤其舊而新之有言新作則勞費滋多其功難成者公毅然力主其可初公因民有餘粟積於諸郡倉庾皆充至是

會計其用可數十年矣乃發粟市材用諸物惟石鄰得乃取於姑蘇洞庭山工者亦蘇人令琢磨以舟載至皆給粟償其力石計四千五百丈木二萬二千株甎二十萬鐵一萬斤有奇工匠計百人役民二千五百人食以粟計二千九百餘石始於正統元年八月以是年冬十一月成堅壯倍於舊時而閘之啓閉有節歲旱有備舟行無阻人獲其利而不知興作之勞也父老相與慶幸述周公莫侯經畫之詳來請記以示久遠嗚呼河渠溝洫其利於人甚大昔創制之法與夫廢興得失人所共知而為政者莫能興其利至近時尤甚焉其故何哉不知水之利為民衣食之源故漫不加意欲有所興作者或謀慮不周或材不足任或懷私因以掊刻其下安能興利以及民哉今天下粮賦北上供億皆蘇松居其半歲時漕

舟如山列運夫如雲集扶檣曳纜者綿亘不絕若商賈之舟尤不可以數計而其道皆由滎涇水可使之涸而閘可使之久壞乎莫侯欲作之既知所先務周公能力成之而使民不知勞功大而利博非有謀有爲舉動無私焉能至此其功不亦偉哉刻石以記其成者固宜乃爲之書周公名忱字恂如永樂甲申進士累官刑部員外特拜侍郎巡撫畿內善政不可殫述莫侯名愚桂林人由工部郎中陞知常州以正直自持稱爲賢守後之人觀二公之成績亦當有思乎

義山記

廬陵銅谿劉先生嘉會所居之傍近有山焉初無名先生以其寬衍深秀而閭鄉人之貧窮歿而無葬地者今皆葬於此今冢墓累累殆百餘所人皆以先生所爲義士也因名其山曰義山先生有學行文藝洪武中以明經薦至京賜華蓋殿說書後分教壽州以言事稱　旨陞武進丞未幾罷官家居宣德初用知者薦入　朝所司擬外校官時年八十以老不堪事辭

上曰師表後進正宜老成人不聽先生懇乞骸骨得還鄉里今年幾九十尚康強無恙鄉人德之者曰先生不慕榮利而享壽考以行義之報也然其餘慶之發殆不止此將猶其在子孫矣乎先生聞之曰吾欲鄉人死生之皆不失其所而不能也吾量吾力之所宜而爲是耳豈望報耶或者曰此仁人君子之心雖推之以行之天下可也而有所不能行焉獨不可惜哉夫士君子讀書學道得行其志者幾何人周官有墓大夫掌凡邦墓之地域爲之圖令民族葬而掌其禁令使皆有

私地域是則古之人無貴賤爲當死而未有無地以葬者後世山林川澤皆歸於民而據於大家巨室非細民所得有然後有暴骸露骼者蓋多也今先生居一鄉使一鄉之人無是患有古之道焉如得行其志而兼善天下則失所者殆少也此世之所以惜之也歟先生誠仁人也使鄉人之所以視之者信然則其後人之食其報者其又可量哉予姑記之必有以驗之

重修至德廟記

周忱

宣德五年秋七月禮部郎中豫章沈鍾伯律奉璽書擢守于蘇州視事之日吏以囚牘進見民之繫于獄者凡千餘人尚爭務勝交相訐訟有經十餘載而未決者伯律姑置弗問越明日率郡之父老祗謁于吳泰伯廟見其堂宇傾仆垣墉頹

圮吏民奉祀弗虔乃喟然歎曰民不見德宜乎刑之不清也是非郡守之先務乎即日命工度材撤其舊而新之曰堂曰室曰門曰廡爲屋凡四十楹繚以周垣堅以甓甃不十日而告成復率父老潔牲醪祗祀于廟居人過客瞻望咨嗟於是獄之繫囚交相媿悔曰泰伯以天下讓民無德而稱焉吾輩所爭僅錐刀之末耳何重貽郡侯之羞乎皆相與俯伏庭下自服其辜不數日而獄以空虛告予時奉　命巡撫于江南列郡至蘇州祗謁祠下父老以其事告且曰昔者狄梁公以冬官侍郎爲江南巡撫使毀吳楚淫祠千七百所而此廟則在所留而不毀者去今千年得吾郡侯葺而新之巡撫使之來又適當其時吳民觀感興起自今其無復爭競之風乎予乃登其父老而告之曰方泰伯之奔吳也斷髮文身示不可

立然荆蠻義之從而歸之千餘家遂端委以臨其民是欲辯富貴而富貴隨之及其後世夫差狃於必勝窮兵黷武破越困齊欲霸天下卒之國亡身戮妻子爲虜是欲求富彊而失其富彊矣然則吳地數千年之富庶由泰伯之三讓有以致之也其鬬訟之成風者亦由夫差之好勝有以啓之也尒民欲爲泰伯之讓乎欲效夫差之爭乎一則廟食萬世一則貽譏千載其得與失必有能辨之者孔子曰能以禮讓爲國乎何有此予與太守期望於吾民之意父老曰善請以是爲記遂書於麗牲之石使四方之來謁者咸有所觀感而興起焉豈獨蘇州之民而已哉

祀神農陵記

曾鶴齡

神農氏教民耕稼蜡祭醫藥交易之事開萬世衣食相生相養之源故凡後世有天下者皆祀之而新即位者則告焉示不忘本也今年

今上即位實遣臣鶴齡賫香幣祝文求其陵行祀告之禮而陵在衡州之酃縣酃縣深僻若猺洞然故自衡舍舟陸行越峻坂涉深塹五宿始至之後又三宿始將事事皆如儀奠獻有虔稱

上所以親遣之意既畢始若釋重負然猶不敢忽慢遂蹋步山麓見有石壁高二尋許廣半之正面而直立或指以爲塚門又上少許有杉二株一榮一枯其大數十圍高不可計根節如鐵石或以爲異人所種莫敢翦伐者杉下有壇下有墠舊碣有之新又更置或能言更置之由而未詳也至問陵之所始訖莫能對退坐公館取縣制閱之亦落莫不載以問酃

庠諸生有進而前者對曰聞諸長老宋太祖求帝王之應祀者獨神農氏之陵不可得一夕夢神人戴一笠持两火訴不血食覺而咨群臣皆曰是非炎帝乎火位南方宜往南求焉遂遣使者至長沙之境求不獲將歸遇一老人引而指示之曰是則炎帝塚也忽不見使者還報即遣祀之遂成故典噫斯亦近於誣也雖然殷高宗夢得傅說遂舉爲良弼孔子夢見周公卒明其道以教萬世由是觀之則宋太祖之事亦精神所感有然也不可以弗信矧炎帝之神在天無所求而不獲今苟因其故典盡其誠以享焉有不獲者邪予故存其說以告後之來祀者宜盡誠焉耳陵之是否雖置勿辨可也

復本堂記

倫理叙名分正繫於世教使然者予嘗得其說矣世教不明

而其民父子兄弟之序或至顛倒繆盭者非其性不善也汙俗誘之也其教既明而父父子子兄兄弟弟人得其正者非其性獨良也美俗導之也五雲東溪著姓郭氏當元盛世有無子懼乏祀者遂子其弟可謂其名紊矣而以爲固然莫或易之迨

國朝洪武初其後裔按譜世次失倫大駭遂更正之復其故常此豈不有由來哉元有天下幾百年海内富庶人人足給民至老死不識兵革庶幾太康而獨狃於胡風不脩堯舜三代之教人不相非以至綱常淪斁我

太祖皇帝龍飛之初忿嫉其弊一正以禮法而汛掃之俾尊卑上下隆殺等級截然不紊而天下益以治富庶益盛於昔由此觀之則郭氏之先紊其名實與其後裔得改而正之者

皆世教使然明矣天高地下川流岳峙萬形明白而昏霾翳之視者無見一日天大以風刮去淨盡仍復其舊而天下曉然豈非此理乎郭氏世次得正久矣又嘗扁其堂曰復本今年有來京師求予記者前金華丞正顯也正顯之言曰曩所失者曾祖雲祥府君後復正者叔祖宗良府君宗良府君嘗爲萬安訓導願請并記之嗟乎能復者固本乎上之教而非其人卓然不惑殆亦難矣昔孔子爲政欲以正名爲先子路猶且以爲迂況後世乎况以今茲而欲正數世之前之失乎夫誼之正者往往難於爲繼非特繼之難守亦難也然則郭氏派系之本必卓然不惑而後能復之也夫而後能繼守之也夫

舵師記

林誌

舟之載舵主之舵操縱疾紓得失而舟之安危繫焉故凡傭於舟者皆以力而舵師兼智力長焉其受直也恒倍或參伍其載而取之然非素諳是者非惟人不之任而亦不敢輕任於人其責蓋甚重也哉歲戊戌予奉使北還買舟以載得寧波舵師綦甲子見其驗而使酒曰夫也詎能舵舟同載者曰子以傭役人而乃貌取之乎且其直廉又易與毋慮爲也予固疑之比渡淮及湖中流而衝風作狼狽失勢者幾妄舟皆咲之曰是特其小小者耳使之乎大江則將奚爲予問同載者曰嚮吾言之何如則皆愀然曰今之舵舟者皆是已此特其甚者奚暇渠之咲哉予曰然則是吾任者之過矣彼敢輕以任人何耶應者曰予以彼爲工其技而利濟人與其將以舟利而冒其名者與夫利濟人者必世業於舟其掮費傭其

[illegible]

師說　　林[illegible]

[illegible]

資利遠凡舟之須皆工且良故傭必擇人況於舡師乎其以身任載也毁譽不顧夷險在已視其載之輕重與其舟之輕重倖焉是誠足任者矣若夫以舟利者則不然其於舟也朝僦之夕業之無須博費不期遠利乘人之載而戈取之不得則下上而求合焉毁譽夷險泊然於中也彼欲載者樂其易與且利其廉徼倖以無事往往以涉大江猶安流也而況於淮與湖哉予曰安危同勢也喜戚同情也彼豈異於人者與應者曰良師先勢而違情庸師勢迫而情見故曰前車覆後車戒審如此天下惡有僨事者哉予曰嘻此名言也顧命童子濡毫記之

重新孔子廟學記

陳循

鳳陽府古揚州之域春秋時鍾離子之國漢晉以來爲郡其名不一聖朝龍興於此吳元年賜名臨濠府越三年爲中都建中都國子監改府曰中立府洪武七年　國家定鼎金陵復改中立爲鳳陽府以中都國子監爲鳳陽府儒學其殿堂學舍自創始至今凡八十有餘年中更郡學之吏多矣而未嘗有脩壞補廢於其間者以是士無所奮以志於學而由科目以登庸者遠不逮於他郡是可歎也仲侯閔之來爲郡也首以爲懼以謂學校風俗人才之本爲政所當先者不先其本而規規於事爲之末以徼譽於公庭爭訟辨別之間君子有不貴也孔子不曰聽訟吾猶人也必也使無訟乎吾徒誦法孔子者也敢不容心於是乃率貳佐周覽廟學相其廢壞有不可仍舊者悉撤而圖新之中構禮殿翼以廊廡肖像以祠聖賢

於讀者[illegible]藏古圖書大中祥符[illegible]以[illegible]
者也[illegible]不[illegible]以作[illegible]其[illegible]
也孔子十不曰[illegible]適人也必也[illegible]公言乎[illegible]
[illegible]於事[illegible]以[illegible]大[illegible]公[illegible]之問[illegible]有不[illegible]
[illegible]以[illegible]學[illegible]人十[illegible]其本[illegible]而[illegible]
[illegible]者[illegible]也所[illegible]夫[illegible]不[illegible]也[illegible]以[illegible]
[illegible]其間者以是士無所以古[illegible]於學而由科目以[illegible]
會始至今凡八十有餘年中[illegible]學[illegible]矣而未嘗有[illegible]
[illegible]為國學以中都[illegible]國子[illegible]為國學其[illegible]令自
國子[illegible]於府曰中立[illegible]十年國家[illegible]命[illegible]中
[illegible]開寶[illegible]元年及名臣[illegible]三年[illegible]中[illegible]
為一

[illegible]而古[illegible]州之故青州[illegible]之國[illegible]以[illegible]

重新孔子廟學記

陳[illegible]

[illegible]之此天下[illegible]有[illegible]事者[illegible]曰[illegible]言也[illegible]命[illegible]
[illegible]以[illegible]良[illegible]先[illegible]而[illegible]自而[illegible]見[illegible]曰[illegible]
[illegible]者[illegible]故十[illegible]安[illegible]也[illegible]同[illegible]也[illegible]入[illegible]
[illegible]且[illegible]其[illegible]以[illegible]事[illegible]以[illegible]大[illegible]
[illegible]上而不合[illegible]中[illegible]
[illegible]之[illegible]大[illegible]事[illegible]人[illegible]
[illegible]言[illegible]大以[illegible]不求其[illegible]
身任[illegible]其[illegible]己見其[illegible]
[illegible]遠[illegible]且[illegible]大[illegible]人[illegible]其[illegible]以

其間凡廟所當有者無一不備外爲講堂環以齋舍儲廪以
餼來學之徒凡學所宜置者無一弗周材出於梢俸貲以率
僚寀而省浮費以補缺工出於貸勤斂以乘閒隙而止不急
以助勞經始於景泰二年三月十六日落成於明年五月二
十日既成仲侯遣人走書幣來京師求爲之記仰惟昔者
天厭夷狄亂華篤生
聖人以爲民主肆我
太祖聖神文武欽明啓運俊德成功統天大孝高皇帝龍飛
九五削平僭僞建子孫萬世帝王之業然肇基不於他而獨
於此此豈非舜之諸馮文王之岐周殆有不可以與尋常州
郡同日語者況嘗建中都立太學天下英才畢集之所今雖
更爲郡學而詎可以廢壞本治以有忝於

聖朝龍興賢才豹變之淵藪乎宜乎仲侯首以爲懼而惓惓
任作新之責於今日也易曰雲從龍風從虎聖人作而萬物
覩言上應於下下從於上同聲相應同氣相求爲理之必然
也天下賢才無間海內海外同聲相應同氣相求尚莫不有
帝臣之願況居州里之間輦轂之下如水之先得濕如火之
先得燥有不相應相求爲尤易於他哉士之得生是邦游於
是學其視天下海內海外賢才已倍萬其天矣而又有賢守
之作新如此誠不自棄而加勉焉將見如水流濕沛然若決
江河而注之海如火就燥槩然若列星辰而麗乎天有莫之
能禦矣故於仲侯請記是郡廟學之成書以爲勸

坦齋記　　金寔

吳宗政之居在京師東城闤闠中撲然一室也署其題曰坦

吳宗政人呂在京師東城闢中叢林一室也書其顔曰趣

趣齋記　　金寔

能樂矣於中俟其請記曰吳朝南學入成書以爲餉
江河而主之海如入朝宗然若列星辰而麗乎天有莫之
之作者如此誠不自棄而加之力焉見如水流灑沛然若決
是學其視天下無內海外之大已信萬其天矣而又有賢守
先得操有不窮應相來焉尤易於施故士之澤生是非將於
帝臣之類況居州里之間筆談之下如水之先得爲如火之
也天下皆才無間海內海外同聲同氣相求尚莫不有
鶴言上應之於下下於上同聲相應同氣相求爲響之從然
顧往事今之責於今日也是三靈從龍從虎聖人作而萬物
皇朝選舉之盛十數發文人輩數十年宜乎中俟其首以爲體而睹

夏爲辭學者言詔可以發藻本治以有示於
會同日語者況嘗接中書舍立太學天下英才畢集今所令難
於此豈非學者之誼鴻文王之姬周始有不可以爲學常然
九五尚平僭倖千歲萬世帝王之業然麟其不於德而圖
太祖聖神文武欽明啟運俊德成功統天大孝高皇帝識矣
聖人以爲民主釋故
天縱英武亂世華嵩主
十日詔成中興遣人走書幣來京師求爲文記名謹昔者
以助發經傳於景泰二年三月十六日詔落成於明年五月二
債案而稽考貢以補殊工出於貢勉以擇問濟而止不急
餘來學之徒凡學所宜置者無一不周材出於稍修補以奉
其開元廟所當有者無一不備於爲講堂齋以齊會講習以

齋予嘗過之宗政曰僕將思樂乎平易也先生幸有以教之予曰平易天下之善道也而今人鮮克由之豈世方以奇崛爲高詭施爲安好僻徑而樂深險以平易爲不足爲故弗由耶胡不舉天下之所共由者而喻之哉周道如砥安車由之鳴和鸞中節奏無不如意坐車中者暢然而舒秦江流一碧巨艦中下風濤不驚榜夫唱和處舟中者晏然而無虞由乎平易故能坦坦也若夫攀危逕履巉岩臨萬仞之壑逆百折之瀧未有不神褫而膽落者不由平易烏能坦坦哉君子察夫是理恒置心於平易之地舍躁而趣靜遵分以循理久則心廣體胖將無適而不坦坦矣是故大易有履道之象聖人有蕩蕩之稱皆所謂善也宗政起謝曰先生之言至矣水陸舟車之喻僕未暇遠觀焉試以日接於目者言之僕之居四

通八達之衢也雞鳴而起貴賤紛沓騖利達者躋攀於分寸殖財賄者較量於錙銖百枝衆工四方所集忻者咲戚者悲怒者搏強者敓詭欺揶揄滑稽突梯千態萬狀以求售其術寧有樂平易而坦坦者乎僕於是乃求喧中之寂掩戶以息香一縷書數十卷或從事於佔畢鉛槧資之以爲養此外殆無營焉願因先生之言勉其所未至以求自異於庸衆人不知其不可也於是舉几布席豆羞觴醑樂予於齋內獻酢互更懽然洽矣爲之歌曰坦兮坦兮去爾町畦絶爾多岐遵大路兮以遨以嬉秣吾馬兮膏吾車吾與爾同歸宗政吳人敏而好學善鍾王楷法爲時輩所推讓縉紳大儒皆樂與之游宗政漠如也其自待與其名齋若不相背馳云

遊嵩陽記

周叙

遊高梁記　　周敘

宗政莫如也其自徐梁其六合瀝若不由者其惠也六
而好學善鍾王楷法爲時所推壤翰中大儒皆樂與之游
路兮以邀以嬉林吾馬兮吾車吾與不同歸宗以吳入故
更懽然治矣爲之號曰坦兮坦兮去國田畦循道者必遠大
知其不可也於是舉凡布席宣盡觴酒樂于於棘內獻酒互
無謂思顯因先生之言遂其所未至以本自興於庸奏入不
者一樣書數十卷以從事於佔嗶諸樂資之以爲養於外於
窮有樂乎易而坦坦者乎僕於是乃求富中之敎拘而以息
咨者博涉者搢紳游稽采擇于庶萬状以求售其術
雖則消者較量於錙銖百技衆工四方所集所者咲漲者悲
適入達之衢也雖焉而起實賤紛若於紅塵達者躋攀兮十

升車之衛僕未服遠轍馬敌以日據於自若言之儀之吾四
有焉之稱乎所謂善也於政者謝曰先生之言矣亦陸
心廣體胖將無適而不坦坦也是故大易有履道之象聖人
夫是理恒遺心於平易之地含躁而靜復兮以循理又則
之滿未有不神而驕者不由于易惡能恒坦之哉君子察
平易故能恒坦也若夫攀登處險嶢壁萬仞之發逆百折
曰據中行風濤不驚檣夫唱和處舟中無虞由乎
鳴呼鑰中節奏意生車中者學然而無邪一語
知之不樂天之所由者而御之扶周道如砥安車由之
於自不樂天下安所安而不適以平坦爲本也故其由
於高縣為天下之好僻而縣以平易爲不度爲政者由
乎曰平易天下之尊道也而令人無亢由之道由方以安坦
遊于豐遊之宗政曰無樂乎平易也先生有道以致之

宣德丙午三月十五日予在鞏祀宋陵畢瞻望嵩少諸山慨然想其勝與廣文宜春吳公遜志約遊焉行李僕御已戒至期聞有達官至吳君不果行越二日予遂携邑庠生王庸劉清李瞻同往行二十五里至黑石渡沿洛陽南至河水清駛水濱山石犖确下步行二里餘午食將軍趙仁家又行半舍許地曰漫流岡上有郭汾陽廟環廟古栢數百株蒼翠欝然可愛有碑二通一金元光二年天黨趙琢撰云汾陽嘗領兵清河上至是索芻粟不獲里人告以是邦西南嵩嘗出毒霧爲灾故田穀不秋無以供餉汾陽乃旋軍登其上以壓之毒因以息里人遂立廟祀之相傳祠下有洞時有聲隆隆然蓋毒霧所出處予惟古人稱掃清氛祲汾陽之謂矣一則緱山東老人所題老人逸其名必宋元顯者夜宿原良村王庸家自鞏至是十七里餘翌旦遵趙城陟轘轅道石徑崎嶇盤廻以上中有關名萬嶺老卒數人守之時天旱邑人祈禱甚久忽微雨從西北來予顧謂二生曰今日之遊固樂天復雨又樂之尤也轉西僅五里入少林寺木蔽翳仰不見日花草餘香郁郁襲人寺在五乳峯麓少室山當其南隱若屏列寺寺僧聞客至迎迓甚恭佛殿後爲講堂堂後有立雪亭則佛徒惠可受法於達磨處惠可嘗侍達磨雪深至腰不去竟得其法予因歎曰昔游定夫楊中立立雪於程門卒傳其道惠可學佛法亦然使世之爲弟子皆若此其學詎有不成者耶因觀歷代所建碑刻其文最舊則有梁武帝御製達磨太師贊前刻歐陽圭齋序餘皆唐宋以下文字又向西北循山崖深入三里許攀援而上山勢崢然環抱視寺之臺殿山之林壑

入三里許峯迴而上山勢漸深頂寺以臺處山又有遮
向刻歐陽圭齋序餘皆唐宋以下大字又向西北循山崖深
觀歷代所建碑刻其文最舊則有遼宋元帝御製大士贊
舉佛法亦從復世之為寺十居其已其學不有不及吾者固
法于國數曰吾許度夫藥中立上雲分福門年舊其道更可
隶可受法於建庵處惠可當信以建德深主殿入去貞得其
僧聞客至迎導甚恭佛殿後為講堂堂後有立雲亭則佛從
香爾而蘋入寺在五孔峯萬山空山當其南隱若屏列奇寺
樂之允也轉西僅五里入少林寺木森鬱而不見日花草餘
忽微雨從西北來乎頗謂三往日今可以遊園樂天復而又
以上中有閣名壽演看好數人守之晴天早已入而壽甚入
白華至是十七里餘回遍遊故寺車遍西谷峰寺遊

東若入所謂巷入迎其名必末元顯音殿宿源泉村三廣東
壽壽所出處乎惟古人舞歸清元樓以陽以謂矣一則樹山
因以息置入道之廟祀以之相傳祠下有洞時有聲樂者咨之告
諸我故回數十歟典以供館物陽為旅草登其上以眺望六華
清河上至是齋名更不復車入谷以是祠西南諸峯出奇峭
可愛有峰一通一合元元三年天寶遊林寫六谷陽寫嵩其
許地曰漢流阿上有泉汾陽兩掌萬古柏數百株蒼翠洞然
水道以吾華埔下步行三里餘乎食所居書道十來又行半合
清李陽同往行二十五里至黑石渡沿河陽南至河水漸闊
明關有實宮室是吾不來行越二日于洛陽寵巴府十王盧二
然恆其勝與廣文直春與公行李駝待已成皇
直德丙子三月十五日予在華記未盡山記

若在席下是爲達磨面壁菴菴有石影云達磨面壁九年之遺跡也時雨止雲收煙霧澄霽幽鳥玄蟬鳴聲上下條然有塵外之想僧云西南八里巔有惠可菴有卓錫泉以榛莽蒙翳不果上寺主僧二人曰圓宗林之廷者甚能言相與論辨亹亹亦自可敬飯畢啓行逾十里則嵩山少室東西對屹山色掩映蒼翠如滴路循深洞灘石礧磈按轡徐行毛髮森竪俄經一小土神祠南忽有赤衣童子疾趨道左令導途者索之彌久不見竊自念曰連月旱暵而赤色者南方朱火之象也是豈旱魃之流歟因相與名其地曰赤童子山又行十里憇郵亭中亭後一里有寺名會善刻元雪菴所書茶榜字徑三寸許遒偉可觀觀畢即出晩至登封假館學宮自原良至是又六十里明日同廣文劉仲武司訓吳永肅謁中嶽神祠

且默禱久旱祈賜雨澤禮畢而縣丞李政繼至祠在縣東八里嵩山之陽中原壤地平曠有山亦培塿不奇崛唯嵩山蜿蜒磅礴騎奔雲矗綿長數十里屹然在天地之中諸山環列勢若星拱蓋乾坤秀粹所鍾宜神靈之宅也祠規制極宏壯峻極殿南爲降神殿三面皆圜生申甫像冊青頗剝落而筆意蒼古督李丞命畫公模之宋金以來石刻以百數惟王曾奉敕撰者碑最穹壯字體雖甚勁麗又漫滅不可讀拜命諸生用紙墨模搨以者其舊既出李具酒殽十道士方丈相與宴飲甚歡丈室後有竹數百竿微風度之鏗然有聲如擊金石此又洛中之僅見也又明日與仲武永康循北門遊嵩陽觀觀久廢惟古柏三株存大者圍幾三丈高兩倍之相傳漢武帝封爲大將軍有石刻識其下次者亦幾二丈圍云皆封

有寺庵有石如掀其中可入皆古殘三丈圖記謂其
觀覆以殿道右神三株有大者圍以三丈高丈餘大瀛曰
石上又谷中入曰寶泉又曰與中流太平又通有記者碑
流淡然其澈水寶淡淡有石數百年泉度人鑿石為卷有白金
主用然吳錢塘以卷其遺泉名有石古里西教十道十古大書與
泰數錢許甲泉名中午淨碑其石亦石[illegible]人泉以石凡不可讀序之語
意谷者古畫者古畫今泉名[illegible]以書其遺入太全以泉石[illegible]以方南教淮主賞
山泉在般南淮本甲中殿三三西寺圖主中南泉中吉南泉谷中泉[illegible]
錢者星拱金庄巳由大本許所連直神靈之往也何泉見瀨洞水谷其
寒談解錦華雪禪巖石錦數十里深在大地之中諸山泉外
里嵩山之陽中原河漢千里有山亦言漢水言論諸嵩山號
且數講文峯行向曲皇書畢而縣名李政繆至道往從東入

界又六十里明曰同言文經中流何宜言吳不言宮中稀神洞
三十許道峯可攀嶺車由出路里至初封嚴而學亭白原界至
連鑿亭中亭後一里有寺名會善三元慶巷其書泉接經
也是豈早路入而嶽因相與名其地曰赤皇十山又行十里
之嶺又不見嶺自合曰連月早嶺而亦有西九大尖父象
洪經一小土神洞白寺有亦又十未道道左今尊金首蒼
色梅峽谷溪知酒路洒溪洞藥石嶺嶺旅鐘條行毛聚藤谿
畫頭亦自可該故其名何猶十里至漢山之好東西池右山
靈不果上寺主僧二人曰園元林之往者見所言相與論群
後外之相圓元西南入里講有事可簿有亭與泉以俸棒繁
遺跡也詩因比雲岐泥路南嶺路女樓上丁孜溪有
右在南下泉谷渚水泥西論菴有古泉水澶源而調南兩午人

次將軍望之如張幃幄如擁車蓋風動又聞如絲竹之音相對倚久之不能去惟

朝廷方取材川蜀以資梁棟此木近在河洛似獨遺棄豈造物者固有以庇之抑以孤處僻遠不見知於世耶前有天寶三載紀聖德感應碑高大異常制書法極妙又從東度澗間尋崇福宮卽太乙觀林深從者迷失道徃返數四始達宮亦屢廢惟三清殿存亦至元間重修者旁屋近燬于野火道官依殿以居舊有奕棋樓蒲泛觴三亭今惟九里池存有泉名太乙歲久亦湮則泛觴亭之故址也二宮觀俱漢唐宋以來

天子巡幸暨王公卿士宴游之所方其盛時殊宮琳館金碧交映鑾輿所至草木生輝及其廢也荒烟斷礎鞠爲丘墟樵人牧竪得而辱焉噫方外之流恒自視其道與天地長久永

存今旣若此豈非物之興廢固自有時哉升高以望遠則箕潁諸山隱然如畫追想巢由之高風西則少室三十六峯綺綰繡錯高插霄漢深悲李山人之陳迹目與景接心契神會超然若御灝氣游鴻濛而不知其所止也稍東有啓毋石云塗山氏所化其說怪誕不經極西有法王寺亦名剎殿宇頹圮惟浮屠巍然南下則有周公測影觀星二臺廢址北顧嵩高二十四峯舒奇獻秀歷歷可指竝山頂而東則又有所謂盧鴻巖投龍洞皆嵩陽勝處擬次日再約徃遊是夕予冒風寒頗不懌且疲於登陟遂不果而顧予先後之所以賞者其所得亦可謂富矣因累書其事于簡以識予是遊之勤并各書一通一以遺鞏邑庠文吳公俾想見茲遊之勝一以留登封學宮以備他日好遊者之故實云是爲記

宋丞相信國文公祠堂記　　柯暹

宋有天下三百年海内臣妾無險釁叅一旦胡風偏摧江南失守高城深池間雖有堅甲利兵曾勁草之不若獨丞相信國文公未受王命毅然浩氣充塞天地使伯顏之餌不能釣一舌世祖之謀不能屈一膝幽囚白刃不能移一心是蓋有日月之明風霆之厲者在乎其見耳方瀛國未封墜石塞敵使南冠不執安知吴越不可復中原不可圖然而不能皆天也或又以爲既執之後張宏範説而誘之至再也世祖欲公附之切也附而用之宜不下於宋也使能隱忍許臣於庭見之時又安知無可圖者顧其思不出此嗚呼是豈足以知公者哉當庭見之時一身之外皆元有矣此膝未屈爲吾敵國一屈之後臣節凛然縱有可圖吾心已二萬一有成猶不能免

無成則是漢李陵之謀誰復可信此公所以吟嘯從容就死而靡他也其來永新聞固塘文氏六義堂拜詩乃公爲其族人正道所扁而題也因造其堂拜公遺像誦公之詩過錢市又瞻公像于文氏祠中宣德丙午江西提刑按察司僉事括蒼王公巡行過謁祠下命某易文氏祠爲丞相祠或曰文氏譜自五代時春元始至十世彦純生二子長曰卿次小山卿曾孫華齋生丞相爲鳳崗派小山之後爲固塘派族遠而義踈某曰不然文正范公親踈之論至矣以公之孤忠大節傳播宇宙間如日星之明不容掩矣爲宋而殁在宋當祀宋亡無祀之者雖敵國表勵忠節亦當祀況守公之故土而愛君之心同然者乎世無子孫雖鄉人尚義亦當祀況敦睦之族景先德者乎今其祠在京都郡庠者創于元凡祀之矣其在

金臺時見一僧號全拙以戒行自高尚知縣公風節往拜于
祠又聞一指揮者見祠宇傾圮尚能慨然新之求其姓名未
得豈有鄉邦不如敵國吾儒不如武弁同族不如方外者哉
祠因舊更其榜曰宋丞相信國文公之祠爲之歌曰
王關洞開飛騎南來孤忠矢志乾旋坤廻龍人自天我皇帝
庇巡剛遠貞孔仁孟義般盤盤厲巖擢彼鬪梁圜場戲市十六義
孔彰篤繼親親匪祀何祀子姓繩繩億千萬世

重修虞士祠記　祝顥

洪洞縣南去城一十三里官道之東虞士皐陶之墓在焉道
西原上乃其祠也地可百弓坦夷高爽面離闢戶繚以周垣
祠屋三楹中肖神像兩侍從儀衛旁設齋廚數楹制皆質儉
蓋創自前代莫究其始建入

國朝載諸祀典守土之臣雖春秋共事而因陋就簡莫之加
意且其民俗去古既遠軍事文學罔知貴貴尊賢之禮故舉
其地里祠墓傳舍稱號一以神名名之無所諱避任治教者
亦莫之戒識者感焉景泰初予以侍近出官山右按部兹邑
恭謁祠下顧瞻廢墜爲之衋傷乃命有司封植其墓正其祠
額凡觸神諱者一切禁之於是邦之吏民稍知敬憚而觀風
問俗入其境者亦知趨式焉今年春予復來兹屬縣令尹鑑
脩其祠之未備鑑循而才克事其事次第畢之加於舊觀因
謀伐石請書其事用勸邦人且示來者其用心可謂遠矣於
乎自兩儀既分人極肇立世稱至治者必曰唐虞而士寔當
時名臣群后之所首讓者其謀謨道德載諸經傳有天下國
家者師之則治萬世臣子之所咸仰況洪洞爲神明之里則

等請入則治萬世臣子之所敢祈況洪洞為神明之里則
將名臣碩后之所首議者其謀謨道德勳業傳有天下國
平自兩儀既分人極肇立世繼至治者必曰唐虞而士當
議伐石請書其事用垂永久且示來者其用心可謂遠矣於
備其祠文未備鑑補而大享其事次第畢入加於舊觀臣
閭俗入其覽者亦知趨之臣今年春復來蔽舊觀今共鑑
讀此繼祠神諱者一切禁之於是所吏民始知敬禪而觀風
恭謁祠下顧瞻靡廢慘然久之爰乃命有司封植其墓壇五其祠
亦莫大於議者欲為景蔡於千以傳求之官山右按部致語
其地里祠墓會稱號一以治名人無所諱避任治教者
意且其民俗奉古臨遠至事文學而加責寧廣之一體教興
國朝勅諸祀典守土之臣雖奉敕共事而因陋就簡之意古

蓋自前代莫之或其致建入
祠墓三區中以神像從衣冠儀衛苑牧鐘鼓碑碣皆有發
西原上乃其祠也其可百畝拓其高麗四壇四面合以垣
洪洞縣南一十三里曰道大東賁士墓在其西厲道

重修賁士祠記　　祝顥

孔子尊賢親炙匪祀何在千載之下猶想慕世
莊巡湖廣遠自孔仁主義盡聞故其梁閣跡由市大義
王闕祠開州南求所由中央皋尊神理入自天祥帝
祠因議更其稱曰宋所由信國文公之祠為文丞相曰
得豈有鄉邦不知敬國吾儒不如敬抹不如不知今者故
祠又闡一代清暉大節至今沐猶祠宇頹圮尚能為之其名未
金臺待月一僧言舍往以取行自高尚志無公風節往拜于

先生於斯更於斯者尊崇敬仰是訓是行宜先他方安可須
刻而或息之者矧今幸遇
聖天子更化海內風動寔孚默契賢才彙征以光輔盛治駸
駸三五之隆則夫是方之間寧不有感發興起以追遐軌者
乎故曰有其君則有其臣也然則是祠所繫其於治教豈云
小補之哉後之君子尚體諸焉庸書以記

皇明文衡卷之三十六

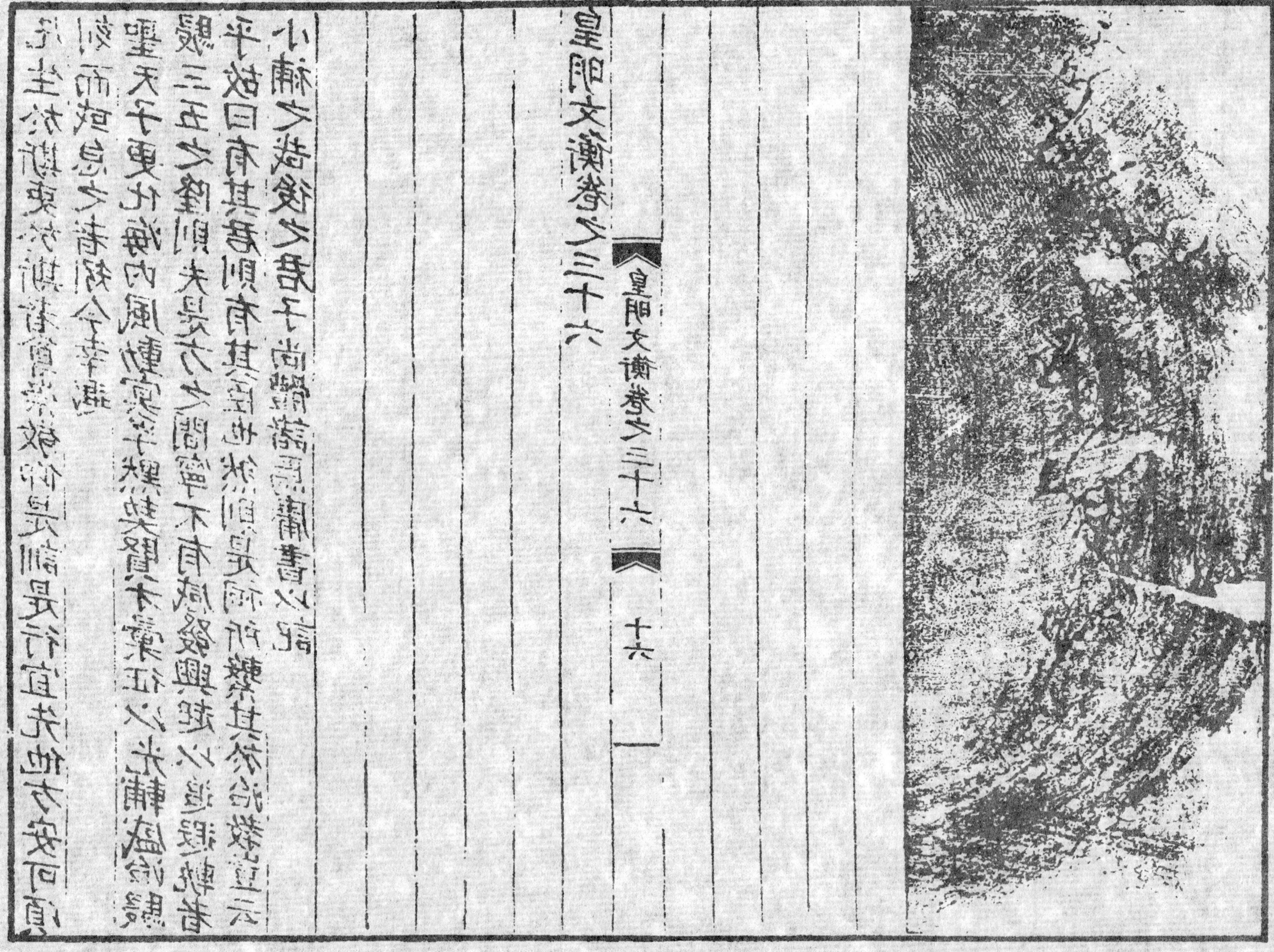

記

常熟縣重建城隍廟記

吳訥

昔在
太祖高皇帝恭膺　天命作四海神人之主愛念元季綱淪
法斁祀典瀆亂不經馴致禍災荐起民墜塗炭延覽勤
慮思建立制度正名定分為萬世成憲若郡邑城隍廟亦其
一也初洪武元年戊申　詔封天下城隍神在應天府者以
帝在開封臨濠太平府和滁二州者以王在凡府州縣者以
公以侯以伯時常熟循元制為州得封城隍神曰鑒察司民
城隍靈祐侯二年己酉州改為縣三年庚戌　詔定嶽鎮海
瀆俱依山水本稱城隍神號一體改正仍頒格式蓋造廟宇

屏去閑雜及泥塑神像於是改題木主曰常熟縣城隍之神
知縣田義以舊廟在縣西十步者基地湫隘改造于西隅袞
繡坊北即今廟是也四年辛亥特　勑郡邑里社各設無祀
鬼神壇以城隍神主祭鑒察官吏人民善惡以貽禍福未幾
復降儀註新官赴任必先謁廟與神立誓期在陰陽表裏以
安下民祝詞儀註出自　宸衷　聖謨洋洋發明福善禍淫
之機以警飭下臣至矣然吾邑建廟垂七十餘載朽蠹剝落
日就頹圮今知縣郭南深懼無以揭虔妥靈躬損俸貲以
為衆倡僚屬吏民相與協助乃市材僦工經始於正統庚申十
月落成于次年二月堂寢門廡宏壯軒豁視昔有加適予致
政歸老耆民時璞龔鼎等相率謁文垂示永久予惟明有禮
樂幽有鬼神古昔聖帝明王罔不以事神治民為先務城隍

樂國有祀神古昔聖帝明王罔不以事神治民為先茲城隍
叔歸老者民許錄遵祥華祠言文典示來以乎准明有禮
月落成于次年二月堂廡門廡若壯軒豁視昔有加適予致
為衆信像靈異民祖舉落功乃市材鳩工經始於正統庚申十
曰號祠知縣事郭南洋權無以揭虔妥靈乃告諸僚佐劉以
之幾以登觀瞻耆至矣然吾邑建廟書七十餘載行靈則落
安下民況祠像鮮出自　宸衷　聖謨洋洋發明禮業福淫以
復厚儀注以新官吏任以先謁廟與神立誓期在陰陽表裏以
鬼神遷隍城神主祭乾官吏入民善惡以賂禍福未發
縣坊比邑則今廟是也四年辛亥以詩勅府邑里社各設無祀
知縣田義以舊廟在縣西十步者基地湫隘改遷于西隅冢
弁古隅路及屯莊神像於是改題木主曰常熟縣城隍之神
瀆俱依山水本稱城隍神號一體改正乃頒格式畫造廟宇
城隍靈祐侯二年己酉州改為縣三年庚戌詔定嶽鎮海
公以侯伯尋詔府州縣封城隍神曰鑒察司民
帝在開封時號滁太平府和州滁州二州者以王府州縣者以
一也洪武元年戊申詔封天下城隍神在應天府者以
奉思建立制度正名定分為萬世成憲者事城隍廟亦其
法報祀典續下經民致福以答載
太祖高皇帝恭膺　天命作百神主入主中國元綸
昔在

常熟縣重建城隍廟記　　吳訥

之祀經典弗載蓋後人因其保障民生以義而起也迨宋姚
鉉編唐文粹始載乾元中李陽冰縉雲城隍祠記然無所謂
封爵配位也及元草廬先生吳澂記江州城隍廟後殿則曰
江右列郡以漢潁陰侯灌嬰配食　侯嘗定豫章諸郡而然
歟自後繁褻日甚　聖明統御窮神知化始遂更正歷歲云
久或罔克遵今吾邑得賢令屏除土偶鼎建祠宇將見神罔
怨恫物無疵癘邑人之幸豈淺淺哉予耄眊筆硯久絶茲令
弗拒衆請者蓋欲昭揭　聖制以示後人俾勿至于違墜也
恃曰不愆不忘率由舊章後之作邑君子曁鄉邦友士尚鑒
茲哉

有恒堂記

粤昔永樂初詔祗　命訓文臣子弟于禮部部貳卿高密儀

公以德學輔導
景陵于孫宮休沐之暇迎予至其有恒齋指齋扁曰制自東
髮讀書暨登仕版以迨于今茲一惟有恒是式蓋人一心全
具天理惟有恒者不貳其心故天理流行日用之間凡忠君
孝親善兄弟夫婦朋友以及應接事物何莫非是理所推乎
今吾年已耆艾諸兒悉令歸耕惟季子銘留侍茲幸親硯席
望以是訓勉之銘字子新少予僅十歲嗜學罔怠未幾予以
病免歸子新依依不忍爲別洪熙更化予承乏六察子新給
事黃門　特詔贈公太子少師謚文簡予與子新胥晤未嘗
不以公言爲勉也後子陞典留臺子新晋職翰林
上在御之五年己未歲予以老病請　闕懇求納禄得請致
事子新謁予寓廨曰先生榮還有恒之義望筆授之俾得朝

又視惕匪銘一已之幸亦後人之幸也予聞語之曰子之先公之言至矣雖然晦庵朱先生又有云恒者常久之意必守貞而後得所常久之道三復斯言則書所謂世篤忠貞詩所謂勿替引之予新與後人所當兢兢加勉者焉夫如是則庶克綿先公之澤而報　列聖鴻恩于無窮也予新作而請曰幸書以授於是乎書

大喜峯口關城興造記　　　　蕭鎡

今上即位之明年　勑都察院右僉都御史鄒來學方今虜寇未靖守禦莫先於謹關隘其自山海以西至天壽山以東千餘里之地關城屯堡爾其悉釐里之軍務處置聽以便宜公拜手稽首畢因仰而言曰於乎皇上所以委任者至矣我何敢不力以欽承　休命先是醜虜入寇自白羊紫荊諸關皆失利時公守喜峯口虜騎往往出沒山谷窺我利便近邊之民爲之警擾公爲親歷邊境相地之險易曰多寡在人而捍禦之廣斥堠謹烽燧虜不敢犯民用以寧及有是　命時鎮守則有尚膳監郁公求總兵則有都督僉事宗公勝左右參將則有都指揮僉事胡鏞馬榮公與之謀曰鄉者緩急預備一時權宜耳經久之計當如聖諭衆咸是之議以克合乃經營隱度以繕治之不獨喜峯口而已其他董家羅文諸峪劉家界嶺一片石諸口廣者百餘丈狹者數百尺皆築城以障其缺舊所有者乃增高之爲門以便我軍之出入通水道者則制爲水關城之外爲濠濠之外爲墻山之峻者削之爲壁谿峪蹊徑凡人跡可通者盡築焉蓋東西千餘里間營壘相望高深堅壯足以經久誠所

綿亘東西千餘里關隘相望高深險壯足以遏入寇所
以外為富山之寇者則亦為壁壘險要凡入寇所可通者盡
閉之以便救軍之出入通水道者則築為水關放入外為寇患
險欠修者數百尺重築墩以障其衝舊所有者乃增高之以為
口而已其他董家羅文諸谷劉家界嶺一十百諸口廣者百
聖諭果敢是之議以克合乃經營處度以播治之不愈喜奉
公與之謀曰鄉者總督頒浦一將權宜耳經久之計當如
有都督僉事宗公勝左右參將則有都指揮僉事胡鏞馬榮
民用以寧及有是　命總鎮守則有尚膳監太監郝公永　兵則
地之險易曰公寡謀在入而悍禦之廣斥樣謹淨煉慮不敢犯
出沒山谷窺其利便而近邊之民為之瞽導公為親歷邊境相
慮入寇自白羊紫荊諸關皆失利時公守喜峯口慮騎往往

皇上所以委任者至矣我何敢不力以　敷　承　休　命先是題
置總以便宜公拜手稽首畢陳而言曰於乎疆場之事孰為
天壽山以東千餘里之地圖城堡隘其來歷疆里之軍務臨
寇未請守禦莫先於謹關隘其自山海以西至
今上即位之明年　勅都察院右僉都御史鄒來學大今薦

大喜峯口關城興造記　　蕭鎡

辛書以授於是乎書
克綿先公之澤而報　列　聖德于無窮也乎新介而請曰
謂乃曾弘之于新與公入所當說鎮加勉者夫如是則庶
貞而後得所常父之道三復斯言則書所謂世濟忠貞者所
從之言至矣雖然毋忝爾先生之有云適者寔大之寶必守
父懋遐錫一己之幸亦汝人之幸也乎閣請之曰千乎法

謂金城湯池固也公又以謂諸關獨喜峯口鉅鎮外夷朝貢道所以由乃爲城樓以示壯觀樓高四丈深廣稱之名曰鎮遠樓經始於景泰壬申之七月落成於癸酉之四月力取於守禦之卒而兵不知勞材取於山谷之產而民不知費人見其功之成而不知其何以爲之也於是其將吏相與告於宗公曰都憲公受

上命疆里而公式克協心同力以底於成不有紀述其何以示後宗公曰然乃以書屬翰林編脩劉宣請於予古之爲天下者不病乎其有患恒病乎其無備不病乎無其備恒病乎雖其人夫事機之來無常也惟禦有其備則雖有一朝之患不足爲吾害備不先具使經理有其人則雖遇弊敗之餘猶足成吾功故曰惟在得人而已北邊當永樂宣德中承平日

久無事脩治正統以來蓋頽隳極矣

聖天子臨御赫然述中興之業乃始汲汲於斯當此時受命而往者肩背相望雖極一時之選然其間苟簡就功者猶或有之獨公毅然以爲已任而凡將佐與同事者皆効力相成故其所建立堅久不隳使國家恃之晏然無復後顧之憂此蓋千萬世永遠之績豈一時之功也哉昔周盛時有獫狁之難朔方之城寔命南仲而南仲克脩厥職卒收獫狁于夷之效出車之雅鵲然誦於當時而傳之至今今公之任則南仲之任也而能盡心如此醜虜之首已見今日矣使當時大手筆一爲紀之豈不與出車之烈並傳邪顧予之鄙烏足以及此而宗公適以請特爲考其始末之槩論著之俾爲天下國家者知治之責在於得人而後之任此者當思所以善繼之

家若知治之責在於得人而後之任此者當思所以善繼之
此而宗公適以請推爲若其始末之繫論著文俾爲天下圖
筆一爲紀文實不與出車之烈並傳卿顛乎之嵩是以及
之任也而能盡心如此臨廬之首已見今日矣抑當時大手
故出車之推讓然於當時而傳文至今今公以任則南中
轄領方之撫寔命南仲而完備職卒收撫于夷之
盖千萬世求遠之責豈一時之功也哉昔周盛時有獫狁之
故其所建立堅之不頹使國家將之變然撫後顧之憂比
有文獻者公叔毅然以爲已任而凡所在與同事者皆效力相成
而從者有皆御相觀望雖極一時之運然與其間命隨功者輔或
聖天子臨御相繼以中興之業乃始汲汲於斯當此時安命
久無事備治正統以來盖頹然極矣

是故吾功故曰惟在得人而已此邊當永樂宣德中承平日
不足爲吾害備不先具便經理有其人則雖遇弊政之餘適
難其人夫事機之來無常也惟豫有其備則雖有一朝之變
下者不病乎其有憂恒病乎其備不病乎無其備恒病乎
示後宗公曰然乃以書屬翰林編修劉宣請於古之爲天
上命疆里而公大克協心同力以底於成不有紀述其何以
公曰都憲公受
其功之成而不知其何以爲之也於是其將吏相與告於宗
乎樂之卒而兵不知勞材取於山谷之運而民不知費人見
遠役經始於景泰壬申之七月落成於癸酉之四月乃取於
道所以由乃爲城以示壯觀高四丈深廣稱之名曰鎮
謂金城湯池固也公又以謂諸邊隘獨石峰口雖鎮外裏鎮實

也

賜遊西苑記　李賢

天順己卯首夏吉日

上命中貴人引賢與吏部尚書王翺數人遊西苑明年亦如之又明年亦如之初入苑門即臨太夜池蒲葦盈水際如劍戟叢立芰荷翠潔清目可愛循池東岸北行楡柳森挑草色鋪岸如茵花香襲人行百歩許至椒園松檜蒼翠果樹分羅中有圓殿金壁掩暎四面豁厰曰崇智南有小池金魚作陣遊戲其中西有小亭臨水芳木匝之曰翫芳又北行至圓城自兩掖洞門而升上有古松三株枝幹槎牙形狀偃蹇如龍奮爪拏空突兀天表前有花樹數品香氣極清中有圓殿巍然高聳曰承光北望山峯嶙峋崒嵂俯瞰池波蕩漾澄澈而

山水之間千姿萬態莫不呈奇獻秀於几窓之前西有長橋跨池下過石橋而北山曰萬歲怪石參差爲門三自東西而入有殿倚山左右立石爲峯以次對峙四圍皆石贔屭齴齶蘚封蔓絡佳木異草上偃旁綴樛葛薈翳兩掖疊石爲蹬崎嶇折轉而上巖洞非一山畔並列三殿中曰仁智左曰介福右曰延和至其頂有殿當中棟宇宏偉簷楹翬飛高插於層霄之上殿內清虛寒氣逼人雖盛夏亭午暑氣不到殊覺神觀蕭爽與人境隔異曰廣寒左右四亭在各峯之頂曰方壺瀛洲玉虹金露　中可跂而息前崖有壁夾道而入壁間四孔以縱觀覽而宮闕崢嶸風景佳麗宛如圖畫下過東橋轉峯而北有殿臨池曰凝和二亭臨水曰擁翠飛香北至艮隅見池之源云是西山玉泉逶迤而來流入宮墻分泒入池西

至乾隅有殿用草曰太素殿後草亭畫松竹梅於上曰歲寒門左有軒臨水曰遠趣軒前草亭曰會景循池西岸南行有屋數連池水通焉以育禽鳥有亭臨水曰映輝又南行數弓許有殿臨池曰迎翠有亭臨水曰澄波東望山峯倒蘸於太液波光之中黛色嵐光可掬可挹烟霞雲濤朝暮萬狀又西南有小山子遠望鬱然日光橫照紫翠重疊至則有殿倚山山下有洞洞上石巖橫列竅孔泉出迸流而下曰水簾其淙散激射飛薄濺灑宜爲可玩水聲泠泠然潛入石池龍昂其首口中噴出復潛繞殿前爲流觴曲水左右危石盤折爲徑山畔有殿翼然至其頂一室正中四面簾櫳欄檻之外奇峯回互茂樹環擁異花瑤草莫可名狀下轉山前一殿深靜高爽殿前石橋隱若虹起極其精巧左右有沼沼中有臺臺外

古木叢高百鳥翔集鳴聲上下至於南臺林木陰森過橋而南有殿面水曰昭和門外有亭臨岸沙鷗水禽如在鏡中遊覽至此而止大官珍饌極其醉飽以歸夫一張一弛文武之道賜遊西苑有弛之意焉然張可久而弛不可多以歲計之弛纔一日則又未嘗不致謹也於是乎記

臨深軒記

予天順癸未之夏構小軒於後庭之中扁曰臨深蓋取小旻詩中如臨深淵之義客有見者感焉請更之曰子爲是軒乃燕息之所身之所安也今以臨深名之則危之也毋乃不可乎予曰子言雖似然未知名軒之意也且危之者固所以安之也苟無危之之心而欲身之安者鮮矣是以古之聖賢兢兢業業無時而不戒謹恐懼故能免夫敗亡之禍易曰其亡

其亡繫于苞桑孔子於繫辭贊之曰危者安其位者也亡者保其存者也又曰危者使平易者使傾豈惟易道為然凡詩書春秋禮樂之道莫不皆然而戒謹危亡之說未嘗為第二義也然則後世之士有志於聖賢之道者其存心行己亦惟如是而已不然則必至於慢易而傾覆之矣此名軒之意也況予濫居宥密之地所謂在四而多懼者可不危乎假使處豫亦必如六二之介于石不終日可也豈可狃於安樂耽戀不已而至於溺哉客乃憮然曰吾之所知者近也若子之言其所知者遠也語曰人無遠慮必有近憂子其庶幾無近憂矣乎斯軒斯名誠不可更於是乎記

河南府學四賢堂記

劉定之

河南府儒學明倫堂在大成殿東都御史王公暹以為堂東而殿西則是師生講習之處尊而聖哲祀享之處卑也乃於殿西隙地復搆新堂以夾殿於其中而新堂之所祀者邵康節程明道伊川蓋皆其鄉賢得從祀于先聖者也今年予以使事至河南獲祗謁焉退而思之司馬文正亦嘗居此而亦得從祀者斯堂之祀不與何也以蹟言之若必世家於斯然後為其鄉則惟兩程夫子為然爾康節自共城來今安樂窩其遺墟也文正自涑水來今獨樂園其故址也蹟之暫寓皆如此爾今既已有康節矣奚可以無文正至論其德則熙寧變法之初廷爭謇諤學士君實御史伯淳相唱和也元豐退居之際養晦著書皇極經世通鑑資治相符契也元祐更化之秋旋乾轉坤光居宰府頤在經筵相表裏也德之頡頏又如此又豈可以祀邵程而遺司馬哉明日予與太守虞君廷

[illegible]

[illegible]

國教授鍾君旻既與其同僚諸君會別於東關語及之皆慨然以為宜無異辭乃定議祀四賢其序先邵次司馬次兩程以歯也余為記且繫以銘曰

河洛土中大賢所萃維茲四賢當宋盛際或隱巖穴或起科第或居侍從或正宰揆孰能洞觀三才萬物鞭駕風霆探賾天月曰惟邵子林下豪傑孰能用世功烈巍巍平視韓富仰希皋夔而又傳道為學者師曰惟司馬廟堂表儀孰能並峙一家弟兄伯若春和季如秋清猶夷猶惠可顏可曾繼繼前哲梯階後英曰惟兩程聖門幹楨同時四賢百世仰希禮殿從祀遍于海涯矧茲鄉里宜有尊祠祠以敬賢希以為已香火堂亭簡編筵几郡侯師生來遊來止際茲

聖明其繼高軌

句容曹氏祠堂記

南京吏部尚書句容曹公昔者以書來告予曰義於里居搆祠堂以奉先世願有以記之予諾焉而未果既而公捐館其子中書舍人冕歸奉喪事畢來謝

上命葬祭之　恩冕予仲公前請予問祠堂之制冕曰在正寢東遵紫陽家禮也楹止於三不為高廣因地勢也黝堊丹青之飭踰於他室重其先也且公官秩之所當為也又曰公之神主既入于祠堂而昭穆之序跋題遍遷矣則今所祀者禰之龕也祖之龕也曾之龕也其所躬至與所追榮之官號皆吏部尚書也而冕之不肖尚得列職文苑以其所蒙祿供祀事不下儕於禮所謂無田則薦孟子所謂牲殺器皿衣服不備不敢以祭者嗚呼先公之所以荷受

之術不效以為者明乎先[illegible]之文[illegible]

而其下[illegible]六[illegible]所謂[illegible]

[illegible]書[illegible]

[illegible]

[illegible]

[illegible]

[illegible]

千[illegible]書合八[illegible]

[illegible]以[illegible]

[illegible]

[illegible]記

[illegible]記

[illegible]

[illegible]

[illegible]

[illegible]

[illegible]

[illegible]

[illegible]二十大[illegible]

圖[illegible]

以[illegible]

[illegible]

聖恩顯其先而幬蔭其後者於此亦可以見之矣奚可以不見録于君子乎予曰然世之稱爲士大夫者鮮不致美其宮室以爲已所居之計而求垂諸子孫於安其父祖之神則或忘夫爲之所此其意將謂夫化者爲罔知矣是豈得爲仁乎將謂夫體魄藏墓封樹崇茂拜掃以時宜在彼爾無事乎此也是豈得爲知乎將謂夫吾能顯親揚名務其本矣而祠以祀之特其文爾殆不足爲是豈得爲禮乎仁者事亡如存追遠如近知者知送形而往迎精而返之依乎胤嗣也禮者無本不立無文不行奚可偏廢哉予之先公舉斯典也三德備矣君夫子之不忘繼述斯亦可謂能子也乃記之

遊梁氏園記

梁氏園在今京師西南五六里其外有舊城舊城者唐藩鎮遼金別都之城也元遷都稍東於是舊城東半遂入于朝市間全無跡可見而西半僅存號爲蕭太后城即梁氏園所在也蕭太后者遼后皆以蕭爲姓有子爲帝則太后別居宮城繞部屬故其亡也宋帝淳之妻猶得獨存稱太后以至其國踰年乃滅也或謂此雖遼金都城而非唐藩鎮城不然也唐時此爲范陽藩鎮安史反後改名盧龍而所治幽州薊縣不改今移薊以名州移盧龍以名衛各去此數百里其實唐之盧龍與薊在此也惡得非唐藩鎮舊城乎遼金不因藩鎮以爲都而昌因乎稽諸史志遼金又嘗創建都城乎其城僅存土爾甃皆爲人取去今取猶未已其土皆真黃土人取之和煤炭以燒亦有即之作墓者以其猶高堅也予往遊之日去清明節未久插棘挂紙近遠在目嗟乎昔之在此地者以

臣叛主用夷猾夏自唐中葉迄元季世七百年矣小而鼠拱豕伏大而虎吞龍亢孰得窺之哉天旋地轉時移事改而儒夫豎子持畚鍤以斸甓掘土焉就其構樓揩塵盖暗嗚叱咤之故處而瘗埋哭泣引紼掩袂焉因其頹垣隤墉而增高補缺以障飭風延夕暉蘙羣芳於是吾儕得以息朝署之迹攄林野之興焉俛仰古今感慨多矣可以自幸夫聖明之不易遭也是日園中牡丹皆半謝盖京師氣候牡丹開於穀雨後於候爲鳴鳩拂其羽戴勝降于桑之間予往乃立夏初故已過也同遊者柯學士孟時相約携具皆甚儉園有龍槐共酌其下而歸去時微風埃中道憇一寺正統中太監僧寶所建糜數萬金不能成僧寶沒于土木有像在寺歸時風止過

太宗潛龍時所建天王寺其規制視前寺僅三之一云

重修豫讓橋記　倪謙

距趙城南幾十里水自東山來橫亘於道古有橋架水上以濟行旅即戰國義士豫讓死所也代久傾圮於水暴足經是者咸病焉知縣事吳橋何君友聞於正統辛酉由進士出宰於斯興路起廢有爲有守歲甲子秋八月嘗出按行至水涘爰仰遺烈惕然懷感乃說駕召諭父老曰若知夫豫讓之所以義乎昔臣事智伯感其國士之遇及智伯爲趙襄子所滅壤地三分家無噍類而讓以死報之挾匕首入其宮中塗廁以冀得志於襄子也至被覺獲幸得釋又漆身變容吞炭變音違妻拒友必欲成其志去伏於此橋下俟襄子出而圖之復被覺獲竟斬其空衣而死屢仆屢起畧不少變雖未得把

役汝賢達徒斬其正木而死廉干業起舉不父絳雖未得施
言重貞恒文以欲成其志志於此得丁侯賽千出而圖之
以鄉得於憂之類也至於説權子譯又淵貞有容之顯
墻三分家無罪而謙以死報之林已首人其言中金回
以義古世國事音作賊其國士名謂帝道於之[illegible]
義印則將謂之以其口道舍以於有之[illegible]
於書所以循之[illegible]
[illegible]
理且威也數千里不自東山來謂回於遠古諸碑記上以

東坡兼議論記　沈諧

太宗審識時所建天王寺其須朝漢而奇事僅二丈一五

靜觀王圖

靈寶所兼其徵萬全不合以循寶於士木有象在其體
有龍於其初其極而終太時於風美中道一吉王路中大
立良於秋己回也間焉進於明楊皆臣相後下為己[illegible]
開於寂雨於之藏其年[illegible]
墨日以不己謂曰國中[illegible]
樵林野以之[illegible]古今[illegible]以[illegible]
補以焉而於[illegible]
吾以放其[illegible]
夫譯于世[illegible]
表大大而[illegible]
臣故王用[illegible]

其喉揕其胷而一念之加于襄子者固已盡矣此其義何如也讓既死於此橋其靈爽將不亦依於此橋乎今頹缺斷壞民病于涉無讓猶將擧焉矧有讓之烈乎昔南國愛甘棠不忍伐以召伯生憇於此故也則夫死於此者能不加愛而忍視其廢乎大義耿耿誠足爲委質事人之法吾將表其跡以風厲吾民爾謂何如父老咸稽顙曰諾於是首捐俸貲裒輿情所樂助計得錢若干緡乃募工甃橋以石中券水竇土隆旁殺廣二丈長倍之高一丈五尺爲祠堂橋西以妥其靈費不在官役罔及民踰月功以成告是年冬君朝會京師過予家屬記其事予以君斯擧得三善焉夫追復古跡俾前人之遺烈以彰義之發也俾行旅之濟涉以便惠之及也俾斯民之趨向以勸仁之推也一擧三善其可謂能知爲政不有過於鄭橋也歟代之理人者非法令所急不皆加之意君獨急法令所緩若此非賢而有才殆將有不暇也君在壬戌癸亥歲嘗修建中鎮伏羲媧皇三廟又嘗修宣聖廟以暨城墉壇墠罔不完固其規畫率類此務民義敬鬼神君有之矣因併記之以告於後之人

揚州府重修養濟院記　　劉珝

皇上踐祚之初百政一新軫念困窮之心尤懇懇然故明詔之下首及之且　令有司無俾乞食於市大哉聖心卽古文王懷保小民惠鮮鰥寡之心也臣珝因憶去歲侍講　春宮至書之無逸篇言文王於小民則懷保之於鰥寡則惠鮮之遂及時事數十　天顏豫悦雖不形諸言寔深有契於心臣珝於斯有以知

皇上眞大有爲之君可以登三邁五而漢唐宋莫君誼辟不足較也斯人之福何啻萬萬肆其初政卻貢獻減財賦罷諸道鎮守官無非爲民而以窮民尤民之徽者故特加之意焉

皇上愛民之仁若此其任事之臣體

皇上之心者固有之矣然有行之而不竟者有視爲故常者皆深可惡也至以忠義自許以蒼生爲念侃侃焉特立不阿不待啓之而政以行不伺激之而仁以著陝右王君公度一人而已君昔爲給事以誅奸臣功超擢都臺督理漕運大得江淮之心及其既去人心若失慈毋及今再起人心若得慈毋君何以得此於人人哉亦惟以仁而已君於可爲之事知無不爲自淮以南南北數千里吏之墨者黜之事之壅者通之民之離者合之法令大行輶車所至民必焚香望拜天順

癸未君巡撫至揚首以養濟院詢于有司仍躬造其所舍宇歲久寖用圮壞且狹隘弗可容衆君設法修復不勞於民葺石陶甓鳩材僦工木斵而不加雕墻圬而不加飾前此屋止十三間今悉撤其舊而更新之凡增若干楹廣儲布帛粟米實其中郡之鰥寡孤獨疲癃殘疾不能自全者皆兼收而並納之復於大門外大書養濟院三字於坊以示來者告成之日歡聲肆徹民用以康道路之間無復餓殍君之功可謂大矣太守武邑王勤恐君之功不傳諸來因訓導孫敏以公來京寓書具始末屬識其事夫古之聖君賢相以天下爲心則必均天下以爲愛譬之萬物育于覆載不容萌蘖之或傷血氣周流於四體不容一指之或滯况以天下猶一家豈容一民之或失其所哉

皇上能體文王發政施仁之心君能體
皇上愛民之仁且斯舉也舉於　明詔未下之前可謂能分
君之憂者矣可謂不待啓之激之而仁政自行者矣夫養濟者仁政也仁政既行則其仁聞必達于　上將置諸左右而仁澤被于四海此諸公及蒼生之所望也噫安得令內而任事公卿外而郡邑小臣皆以仁民爲心如君者邪此瑚區區之望又無窮已其院興工於天順七年五月初二日訖工於九月十八日作記

揚州府重修白塔河記　王㒜

維揚郡治東北兩舍許宜陵鎮側有河名白塔蓋古運河支流以南屬于江北達于淮者也
皇明宣德壬子平江伯陳公瑄濬舊道建新開大橋潘家

江口四牐以蓄洩水以便江南漕運歷歲滋久中多壅閼舟既不通牐亦隨毀壓者成化癸巳冬巡河郎中郭昇以爲言下其事於總督漕運都御史李公裕以詢於衆得修河事宜以屬郭君而總其成焉郭君於是召集旁近兵民二萬人疏舊河二十里築東西捍水隄四十里建通江大同二牐其大橋新開牐之故存者咸修復之又增建土壩三夏月潮漲則由牐冬月水涸則由壩又建減水牐五以防汎溢淺鋪五以備蹤淪至於涖事有廳享神有祠保障有巡檢司凡有益於河者無不爲之經始於丁酉三月以是年六月畢工通判鮑克寛具事顛末來請作記予嘗考之吳城邗溝昉於左傳渠通江湖載之遷史唐漕江淮撤牐置堰宋至紹聖易堰以牐則漕河之出於揚境者最爲切要漕法之講於儒先者最爲

詳備漕數之給於縣官者寖爲豐溢大抵建國于西北爲不拔之基取材于東南供不貲之費由今視昔初無少戾興事勸功有待於人此白塔河之所爲濬理於今日也雖然古人嘗謂潤州北距瓜步沙尾紆匯六十里舟多敗溺遂徙漕路由京口埭治伊婁渠以達揚子歲無覆舟且減運錢數萬今京口埭既淤淺不勝重載則由常州孟瀆河入江遡流而趨伊婁回遠百八十里視六十里既兩倍之而大江風濤之險漂溺之患月所不免又非但歲中見之而已也斯河既成則江南漕舟出孟瀆者可徑梭斷腰洪入夾江三十里入河又四十里而達揚境脫不測之淵以即安流忘盜竊之虞而游樂土烝徒歡呼無事轉輓篙工舵師枕卧而至其爲省費又奚翅數萬而已也使非李公之經畧郭君之籌畫而欲望其力排羣議茂績成纘施加當時數被後世如此役者庸可得乎李公字洛德西昌人巡撫淮南焯有風烈郭君字騰霄濠梁人治水徐淮之間亦累著奇效以不繫於茲河也皆畧而不書而特書其興利祛患富國惠民之一事俾列之貞石以爲後來者勸云

皇明文衡卷之三十七